クロス

山下紘加

河出書房新社

クロス

タケオの「気持ちいい」という言葉を、私はいつも彼の「愛してる」という言葉より疑ってかかった。彼が本当に満足できているのか、ということが、自分に対する愛情を言葉にされるよりもはるかに重要だったから。

「マナは何もしなくていいから。もっとリラックスして。俺に身体《からだ》を委《ゆだ》ねて」

最初の頃は常に手探りで、どこをどうすれば彼が気持ちいいのか、必死になって窺《うかが》いながら行為に及んでいた。それほどに、臆病《おくびょう》だった。間接照明のみ灯《とも》された部屋の中で、私は少し躍起になって彼の表情の変化を追う。声を拾い、心の中で問いかける。

――ねえ、タケオ。どうなの？　私はこれで合ってる？

不安げな視線に気づき、見つめ返してくるタケオと視線を合わせることへの身体中が火照《ほて》るような恥ずかしさ――。

「そんなに見ないで。鼻毛が出てたらどうするんだよ」

タケオは下から彼の顔をじっと見つめる私に冗談混じりにそう諭《さと》す。私は、そんなタケオをかわいいと思う。

「私はいつだってタケオの下にいるね。幸せなのに、ときどきすごく変な気持ちに……なる。女性とのセックスのとき、大抵の場合私はタケオの位置にいて相手を見下ろしていたはずなのに――。たとえ行為の最中に私が下になることがあっても、最後にはいつも上に戻るのよ」

「どっちがいいの？」

「……いまは、もうわからない。でも、少なくともこの瞬間はタケオの下にいたいと思う」

タケオは満足げに微笑《ほほえ》んで首筋に軽くキスをした。

私はもう、セックスの最中にタケオの目を見つめること、それ自体が意味のないものだと気づき始めている。タケオに言われたからではない。快楽というのは、表情に滲《にじ》むものではなく、身体に映るものだとタケオに出会って実感したからだ。私の身体の上でタケオの毛が微《かす》かに逆立つ瞬間や、伏せた瞼《まぶた》の先で揺れる睫《まつげ》、唾液《だえき》が流れ落ちてゆく喉《のど》、シャワーを浴びたように濡《ぬ》れた背中に触れたとき、初めてタケオが「気持ちいい」と感じてくれているとわかる。

「かわいい、すごくかわいい」

出会ってからしばらく友人関係を続けていたタケオに誘われてバーに行った日、薄暗いカウンター席に腰掛けて、私の茶髪のウィッグを撫《な》でつけながら彼は言った。

——かわいい？

聞き返したつもりが声にはならない。私は目を見開き、少し呆然《ぼうぜん》としてタケオを見つめていた。

「こんなにかわいい子を、僕は見たことがない」

たたみ掛けるように、タケオはなおも続ける。

「本当だよ。僕はこう見えて誠実なんだ」

言葉とは裏腹に、彼は一瞬の内に私の唇に自分のそれを重ね、誠実さの欠片《かけら》もないような乱暴で強引で卑猥《ひわい》で豪快なキスをした。

近頃、私は自分がなぜタケオを好きになったのかを考えようとする。それは自分の中で明白にしたいというよりも、もしもいずれ妻や親や周囲の人間に説明するかもしれない場面が訪れたときに、すぐに言葉として伝えられるようにするためだった。自分が同性を愛しているという事実に、少なからず後ろめたさもある。正当な理由付けをして安心を得たかった。

最初、私は女装趣味の延長線上に、タケオへの好意があると思い込んでいた。女装をし、女性のような外見になったために、心まで男性を求めるようになったのではないかと。けれど、そうは言っても、これまでタケオ以外の男性に、抱かれたいと思うほど強く惹《ひ》かれたことは一度もない。女装をした私に男性が寄ってこないわけではなかった。かわいいと声をかけられたのも、一度や二度ではない。しかし、冗談か本気か、これまで私に言い寄ってきた男性は、その多くが、女装した私をひとつのキャラクターのように見立てて面白がり、からかいの軽口を叩《たた》いてくるか、耳に息を吹きかけるフリをして舌を差し入れてくるようなチープなセクハラに興じる輩《やから》ばかりだった。女装界隈でいうところの「純女《じゅんめ》」と勘違いして「めちゃくちゃタイプなんだ、付き合ってくれよ」と酔った勢いで声をかけてくる男性たちはどんなに甘い言葉を吐いてきたとしても、視線はいつもおぼつかず、私の作り物の胸や、黒いストッキングに包まれた脚にばかり忙《せわ》しなく注がれる。好奇心から男性とセックスした女装仲間もいたが、タケオに出会うまでの私には、男である自分が同じ男を好きになることは想像できても、実際に関係を持つことなど、どんなに外見の女性化が進んだところで考えがたかった。

私はタケオの小ぶりな耳たぶをくわえ、いたずらに甘噛《あまが》みしながら、幸福に包まれる。タケオを好きになったのは、私が女装をしているからでも、女装をした私にタケオが好意を持ったからでもない。ただ、あの日、あの瞬間にタケオに見つめられ、「かわいい」と言われたとき、私は嬉しかった。男としてでも女としてでもなく、その言葉が無条件に自分を肯定してくれたみたいで。おそらく、私にとってタケオが特別なのではない。タケオは私に自分自身が特別な存在だと思わせてくれた最初の男だった。

バーでキスをした夜、私たちはそのままタクシーでタケオの家に向かい、キスの続きを再開した。緊張からか、私の身体はひどく強張《こわば》っていた。

「俺としたかった?」

彼は私のウィッグの毛に触れながら、唇を離し、試すように尋ねる。返答に迷い、思わず視線を彷徨《さまよ》わせる。自分の心を見透かされているみたいで、恥ずかしかった。

タケオと出会ってからその日まで、私は彼と身体を交わす場面を幾度となく想像しては身を焦がした。彼の纏《まと》う香水の香りが肌の上で汗と溶け合い、生まれ持った体臭が扇情的に鼻腔《びこう》をつくたび、自分だけに向ける特別な優しさと、その他万人に向ける優しさとの区別がつかずに自信を喪失するたび、タケオに触れて真実を確かめたいと気を揉《も》んだ。

残念ながら、私の乏《とぼ》しい想像力では、タケオと肌が重なるまでは想像できても、ことが最後まで及ぶには届かなかった。あるいは、自分の欲求に忠実になることがタケオを傷つけてしまうような気がして、想像力に歯止めをかけていたのかもしれない。実際、わからなかった。いざ肉体を交わしたとき、自分がどちらの性で、どのような立ち位置で彼を愛すればいいのか――。

私はタケオの目を見て、自分の想像力の限界を説明する。

「その先を知りたいとは思わなかったの?」

タケオが私のウィッグの髪に指を差し入れて梳《す》く。それは作り物なの、人工毛なのよ、と私はタケオに教えてやりたかった。あるいは、そんなことタケオは既にわかっていて、それでもこうして触れてくれているのだろうか。悶々《もんもん》と考えているうちに、タケオの指がウィッグを離れ、私の骨ばった耳下の輪郭に沈む。間違いなく、私の肌だった。男であるときも、女へのチェンジを遂げた後でも、変わらず私の皮膚で、私の一部だった。もっとタケオに触れてほしい――。私は瞼を閉じ、タケオが次にとる行動を期待し、言葉を続ける。

「知りたくてもわからなかった。想像できなかった。……想像では補《おぎな》えないこともあるの」

タケオの親指だけがすばやく移動し、グロスで光る唇の際に添えられたとき、私は自分でも驚くほど従順に、彼の大きな手のひらに自分の顔を預けていた。彼が、想像の続きを見せてくれると確信したのだ。

しかし、実際にそのときがきてみると、私の想像は現実の行動への足枷《あしかせ》にしかならない。私は自分がどうやってタケオを愛するか、そのことばかりに思考が及び、どのように愛されるのか考えてもみなかった。私はタケオを求めているのに、どうしたらいいのかわからない。求めるのと自ら動くのは常にイコールだという考えが染みついた頭とそれと連動している身体は、勢いよくなだれ込んでくるタケオの舌に、どのように向かい合えばよいのかわからない。何が正しいのかわからない。

身体は強張ったままだった。タケオに抱きすくめられ、彼の唇が耳たぶや首筋に吸いつき、指先が肌をなぞり、これまで感じたことのない快楽に触れ、何かしなくては、と焦りだけが募っていく。不安が生まれる。違う。こんなのはだめだ。私も何かしなくては。タケオに何かしてあげなくては――。

タケオは無暗《むやみ》に動き続ける私の両腕を自分の肘《ひじ》で固定し、行為の妨《さまた》げとなる煩《わずら》わしい二本の脚を自分の両脚で挟み込み、彼への愛情を囁《ささや》き続ける冗舌な口を一瞬にして塞《ふさ》いでしまう。行為の後、汗で濡れた顔に恍惚《こうこつ》とした表情をはりつけたタケオの隣で、ほとんど汗をかいていない私は、想像通りにいかなかった、果たせなかった、尽くせなかった、漠然とした不全感と無能感を抱きながら眠りにつく。

「ふがいない」

翌朝目が覚めて想像の続きはどうだったかと聞かれた私はそう答えた。タケオはなぜだか腹を抱えて笑う。

「なぜ？　なんでそう思う？」

「何もできなかった。私はタケオに何もしてあげられなかった」

「どうして何かをしようと思うの？」

「愛してるから。愛してるから、何かをしてあげたいと思う。満足させてあげたいと思う。それが普通でしょう？　私は昨日、頑張れなかった。タケオに身を任せるばかりで、自分は全然動けなかった。つまり楽だったのよ。そして楽でいることに不安を感じた」

「そう感じるのは、マナが女になりきれていない証拠だよ」

「つまり、男を捨てきれていないっていうこと？」

「そういうことを言ってるんじゃないよ。きみはもともと男だろ。でも女装して僕の前に立ったときは女だ。だったらその瞬間は女を演じればいい。女になりきればいい。僕の下で僕のなすがままになればいいんだ、身を任せるんだよ。簡単なことだろ？男を捨てなくても、それはできるはずだよ」

少し苛立《いらだ》ちを交えながらも、ゆっくりと、幼い子供に諭すように、タケオは告げた。女はみんながみんな受身で、そして受身であることを当然のように受けいれている――。それは女性を軽視しすぎではないだろうか。

私はこのとき初めてタケオに対して心の内だけで反発した。セックスに対するタケオの主観が、そのまま彼の女性に対する偏見のようにみてとれたからだ。もっとも、その反発も一時のもので、タケオと身体を重ねるごとに、私は深く考えないようになっていった。つまり私の思考や自発性や想像は、タケオとのロマンチックな性行為に、水を差すだけでしかないと気づいたのだ。

「女装している、きみが好きなんだ」

タケオと関係を持った後で、彼の性対象が男なのか女なのか、あるいはそのどちらもなのか、そんな当たり前の疑問が頭をもたげて、彼に質問したときのことだった。

すとんと腑《ふ》に落ちる感覚と、納得がいかない気持ちが交錯し、質問したことを、私はすぐに後悔した。

女装している、男の私が好き――。タケオの言葉は、とてもしっくりくると同時に、自分の性対象までも曖昧《あいまい》にさせる。質問そのものが愚問だった。自分自身、投げかけられたら答えに詰まる質問を、自分がタケオに投げかけたのだから。私はタケオと出会うまでは女性としか付き合ってはこなかったし、男性を性的な目で見たこともなく、女装を始めてからも、タケオ以外の男性とは寝ていない。しかし女装によって、男性とのセックスへのハードルが低くなったのは確かだった。私の心も、やや女性性に傾いたからだ。性は固定されたものではなく、はっきりと反転するものでもなく、常に揺らぎ続けるものだった。私は自分の心が女性性に傾き始めている状態を、タケオと愛し合うようになってからようやく受けいれた。自分のこととはいえ受けいれがたい事実を、その緩やかな傾斜を、大切にしたいと思えるようになったのだ。

ウィッグが外れているのに気づいたタケオが、私に被《かぶ》るように言った。それから下着もつけて、服も着て――。

タケオに言われるがまま、昨夜彼の手で剝がされたものをひとつずつ身につけていく。どうせ脱がされるのに、と思う一方で、脱がすという工程も含めてタケオが自分とセックスをする醍醐味《だいごみ》を感じているような気がして省けない。

タケオとのセックスで、私は長い時間をかけてコーティングした女の部分をほとんど一瞬で脱がされる。男らしい無骨な輪郭をカモフラージュしているウィッグは仰向《あおむ》けになれば乱れるし、いくらムダ毛処理をするようになったからといって、タケオの身体に生足を擦りつけるのにはまだ抵抗を感じる。腕で必死になって隠そうとする胸は、シリコンなどで作られた本物さながらの人工乳房と少しでも大きく見せたいという気持ちからブラジャーと人工乳房の間に詰め込んだパッドの積み重ねによってできている。タケオは少し強引に私の両腕をどけて、パッドをブラジャーごとぼとぼと床に振り落とし、胸にぴたりと密着した人工乳房を荒々しく揉む。いかにも作り物めいたピンクと肌色の中間色の乳首をしゃぶり、舌で転がしたり、時折嬲《なぶ》るように歯先で噛んだりしながら、途中で顎《あご》を少し持ち上げ、上目遣いに私の表情を確認する。タケオがどんなに乳房を揉もうと乳首を弄《もてあそ》ぼうと、私は直接その快楽を享受することはできない。多少の衝撃は受けても、たいした刺激にはつながらない。自分の身体の上で行われていながらどこか他人事《ひとごと》のようでもある。しかし私は女として女のような声をあげる。それは演技であって演技ではない。なぜなら声をあげているうちに実際に気持ちが良くなり、エクスタシーにのまれるからだ。

「女装の自分とセックスしてみたいと思ったことはある？」

まだタケオと出会ったばかりの頃、ベッドの中で彼は私にそんな質問を投げかけてきた。タケオの質問は、ときに核心をついてくる。

「あるよ」

正直に、私は答えた。事実、これまでにあったのだ。決して誰にも言わなかったけれど。

「でも自分とはできないから、俺とセックスするの？」

「……それは、違うな。女の自分は、自分の一部であって自分ではないから。分身とも違う。別物なんだけど、それでいて圧倒的に自分なんだ。だからなんていうか、変な話だけどとても気を遣うし、どう愛したらいいのかわからない。傷つけたくないの。私は私の中にいるかわいい女性を、傷つけたくない。……タケオはいつも私に優しい。私は嬉しい。きみは愛されてる、幸せものなんだって、私は私の中の女性に話しかけてるよ。……これを聞いてタケオはどう思う？」

タケオは何も言わずに私の頭をウィッグの上から優しく撫でた。心地良い指の感触に酔いしれていると、不意に強くウィッグを引っ張ってくる。

「何するの！」

私は思わず大きな声をあげ、ウィッグを外されないよう必死に両手で固定する。タケオは可笑《おか》しそうに「きみの恥ずかしがっている姿が、僕をたまらなく興奮させるんだ」と白い歯を見せる。

「生まれ持ったものにあぐらをかいて驕《おご》った生まれつきの女より、自分には無いものを後からつけ加えて努力している人間の方が、僕にはよっぽど魅力的に見えるんだ」

タケオはただ女の恰好《かっこう》をしているだけの女装者には惹かれないのだろうと悟る。女として抱かれたいと思っている男の自分から、「女らしさ」を剝《は》ぎ取ることに、常に快感を覚えているのだと。剝ぎ取られた末に残る自分という人間を、果たしてタケオが愛しているのかは疑問だった。


射精をし、尽き果てたタケオが、私の身体から抜けた。目の前から彼が消えた途端、徐々に広がってゆく視野の中で、冷静に周囲の光景をとらえる。

派手な色の下着や洋服とおぼしきものが白いソファの上に乱雑に積み重なっている。レースが施された鮮やかな赤やピンクが、ぼんやりとした寝起きの瞳《ひとみ》に沁《し》みる。閉ざしたままのカーテンの隙間《すきま》から漏れる日の光が反射して、下着そのものが眩《まぶ》しく見えた。布団が敷いてある床にも、スマホに腕時計、茶髪のウィッグに女物のネックレスとイヤリングが片方、靴下やトランクス、使用済みのティッシュやコンドームなどが点在しており、私はそれらにぼんやりと目を凝《こ》らす。布団の中で身体を動かして体勢を変えると、右手に、柔らかく弾力のあるものが触れた。摑《つか》んで自分の方に引き寄せ、顔を近づけてよく眺める。それはシリコンパッドだった。昨夜の記憶が、一瞬にして蘇《よみがえ》る。久しぶりにタケオに会える喜びで調子に乗っていつも以上に盛りすぎた胸、新調した派手なランジェリーにガーターベルト――。セックスの際は決して外さないウィッグは寝ている間にとれてしまい、朝起きた際、寝ぼけた顔で急にスイッチの入ったタケオが私の上に覆いかぶさってきたときには、装着する余裕がなかった。化粧こそしていたが夜の間にほとんど落ちてしまい、口周りのいつもコンシーラーで隠している髭の剃り跡が目立つはずだ。不思議なことに、女装を始めてしばらくは、服を脱いで裸になり、女性らしいアイテムをすべて取り去った後は、急速に「男」の感覚へと戻っていったのに、タケオとの関係が深くなればなるほど、心まで「女」でいる時間が長くなった。

急に我に返ったように身体を起こし、時計を見る。呑み歩いて早朝に帰宅したことはこれまでに何度かあるが、昼近くになるまで帰らなかったときは一度もない。典子には一応昨日の段階で遅くなると伝えてあったが、彼女が私の話をどこまで信用しているかわからない。嘘《うそ》をついている手前、些細《ささい》なことにでも臆病になっているというのに、この時間帯までタケオと過ごしてしまった大胆さには自分でもあきれるものがあった。

タケオには家庭がない。だからふたりで会うときは、家庭があって会える時間の限られている私にタケオが合わせてくれているのだ。タケオは三五歳で、私より七つ年上だった。

「俺のことをさみしい奴だと思ってる？　でもほんとにさみしいのはマナの方だよ」

セックスを終えた私がそそくさと自宅に帰ろうとするとき、タケオはそんな風に訳のわからない挑発をして、私を引き留めようとする。

「ごめんね。ひとりになるのが嫌なだけなんだ」

そうかと思えば、急にしおらしく弱さを見せる。

「帰らないと」

それでも私は帰らなければいけなかった。別れはいつもさみしい。それはわかりきったことでどうしようもないのに、どんなに回を重ねても、別れはいつもさみしく、慣れることがない。一時の別れが永遠の別れへとつながっているような脆《もろ》さが、私たちの間には常に漂っているせいかもしれない。

「ああ……」

タケオは私の頬《ほお》に触れ、親指の腹で愛おしそうに右頬にあるホクロを撫でた後、「またね」と微笑んだ。

「うん、また」

別れが惜しくて、私はタケオの手のひらに頬を何度も擦りつける。

男の状態で自分が女へチェンジを遂げるためのアイテムをひとつひとつ回収していく作業ほど、私を虚《むな》しくさせるものはない。家に着く頃には見た目も完全な男になっていなければならないので、いつも女装用の服やメイク用品を入れて持ち歩いているボストンバッグから、着替えを取り出す。トランクスに、シャツにデニム。そしてキャップ。キャップはウィッグで押し潰された地毛を隠すために常に鞄《かばん》の中にあった。タケオがジッと私を見ている。彼の見ている前で着替えをするのが嫌で、浴室に行って着替えを済ませた。洗面所で位置のズレたつけ睫を乱暴に引っ張って外し、持ってきたクレンジングシートでゴシゴシと顔を擦る。分厚いファンデーションで埋められていた毛穴が乳白色のクレンジング剤によって露《あらわ》になり、マスカラやアイライナーが黒く滲む。顔の向きを変える度、瞬《また》きのように明滅するアイシャドウに含まれる細かなラメの光沢だけが、私を女装の余韻に浸らせ、なおかつ誘引しようと輝きを絶やさない。

部屋の奥から、タケオの話し声が聞こえてくる。きっと友人と電話で話をしているのだろう。彼は交友関係が広く、寂しいときや少しでも時間が空いたとき、友人に片っ端から電話をかける。それは決まって私の帰り際が多く、私に聞こえるよう、当てつけのようにひときわ大きな声で楽しげに話す。

「ひとりになることが怖い」と口癖のように言うタケオに、私はどれほど寂しい思いをさせているのだろう。使い終えたクレンジングシートを洗面台のダストボックスに放り込む。肌はすっきりとしたが、心の憂さは晴れなかった。

部屋を出る前に、タケオと唇を重ねたかったが、男の恰好で彼の前に立つ羞恥《しゅうち》の方が勝ってしまい、そのまま部屋を後にする。よく晴れた朝だった。タケオは朝になってもカーテンを開けなかったので、こんなにも雲ひとつない晴天だとはわからなかった。

ＳＮＳで出会った女装仲間が集うオフ会に顔を出すのも、二丁目の店に行くのも大抵夜だったし、男性とデートをするのもほとんどの場合夜だったが、一度だけ、女装姿で日中に外に出て歩いたことがある。暑い日で、せっかく丁寧《ていねい》に顔に施したメイクが、額からあふれ出る汗であっという間に崩れていくのに苛立ちを覚えながら、いま、この状況を、どこかで死んだ祖父に見られているような気がした。なぜかはわからない。祖父は私がまだ幼い頃に病死しており、会ったのは数回程度だったが、寡黙《かもく》で、子供相手に愛想を振りまくこともできない、不器用な人だった記憶がある。ほとんど接した思い出もないのに、人に厳しく、模範的で道徳を重んじる祖父の、昔気質《むかしかたぎ》の堅苦しさのようなものが、子供ながらに苦手だった。祖父の表情や背恰好などが頭の内で像を結ぶと、自然、肩が内に内にと入り、冷や汗が垂れ、ウィッグで顔を隠すようにして、道の端に寄って身を縮めて前に進んだ。

それからは、意識的に女装姿での日中の外出を避けるようになった。

日中でも女装姿で街へ出るのに抵抗を感じなくなったのは、おそらくタケオに出会ってからだ。タケオが私を愛してくれている、女装をした私を、心から愛してくれている——。愛されているという実感は、私に自信を与える。私は必要以上に堂々とし、良い意味で図太くなった。しかしそれ以後も、私は極力女装姿での日中の外出を避けた。俯瞰《ふかん》してみたとき、女装をして堂々と街を歩ける自分に、今度は抵抗を感じるようになったのだ。女装姿が常態化し、男でいる時間が短くなり、この先、自分はどこに向かっていくのだろう。着地点など最初から決めていたはずもないのに、目指すものがないと、些少なことで感情が揺れた。

ジーンズのポケットに突っ込んでいたスマホが震える。取り出して、画面を見るとタケオからだった。

「……もしもし」

「もしもし」

「どうしたの？」

「ん……？　元気かなあと思って」

「元気って――。ついさっき、数分前まで一緒にいたじゃない」

私は笑って返す。タケオも電話の向こうでつられて可笑しそうに笑う。かわいいひとだと思った。元気？という挨拶《あいさつ》は、しばらく会っていない相手に対する労《いた》わりのような言葉だと思っていたから。

「じゃあ、また……ね」

さんざん笑った後で、私の方から電話を切ろうとする。タケオが沈黙する。

「タケオ？」

「愛してるよ。愛してるよ、マナ」

タケオの気持ちが嬉しいのに、すぐに反応できず、返す言葉を探している間に電話は切れた。

自宅の玄関前でバッグの中の鍵を探していると、音がして、ドアが開く。典子だった。帰宅したときは自分で鍵を開けて中に入るのが普通で、妻が自ら私を出迎えることなど、まずない。

典子に隠れてタケオと会い、朝帰りした罪悪感からか、顔が強張る。しばらく無言で見つめ合った。典子は何も聞いていないのに私の気持ちを見透かすように少し微笑んで、出迎えた理由を話し始める。

「ベランダで洗濯物を干してたの。そしたらあなたが帰ってくるのが見えたから――。おかえりなさい」

私は「ただいま」と返しながら、家の中に入ろうとする。しかし、典子は私の顔をジッと見つめたままその場から動こうとしない。何か言いたいことがあるのだろうかと彼女の顔を見つめ返してもよくわからない。典子は無口ではないがあまり感情を表に出さないので、ときどき何を考えているのかよくわからないことがある。それがわかるようになるんじゃないかと思って結婚したが、結婚してもわからないままだった。

「昨日の夜、夢でね、玄関の方で物音がした気がして、てっきりあなたが終電を逃してタクシーで帰ってきたんだと思ったの。でも実際には朝起きたらあなたはいないし、昨日もらったLINEを見たら帰りは朝になるって――。なんか、現実みたいな、変な夢でしょ？　澤野《さわの》さんの家に泊まったんだよね？　また朝まで呑んでたの？」

屈《かが》んで玄関のスニーカーや革靴を意味もなく並べ直しながら典子が尋ねる。

「うん、まあね。でもそんなに呑んでないよ。珍しく澤野さんの方が先に潰れちゃって。終電間に合いそうにないし、シャワー浴びてそのまま泊まらせてもらっただけ」

外泊をするときは、決まって職場の仲の良い先輩である澤野さんの名前をあげる。典子は澤野さんの連絡先を知らないし、たとえバレても澤野さんならうまく誤魔化してくれそうな気がするからだ。

「まあでも、身近に独身の友達がいて良かったね。結婚してたらなかなかそうはいかないでしょ」

「友達じゃなくて先輩だよ」

「どっちも同じようなものじゃない」

典子が顔を上げて私を見る。私の視線は典子の顔ではなく、痩《や》せた首元へと注がれる。長い髪を後ろでひとつに結わえているせいか、いつになく細さが際立つ。女装した私もよく周囲から細い、華奢《きゃしゃ》だと言われるが、実際こうして典子を前にすると、私とは比べ物にならないくらい華奢で非力に映った。

丁寧に並べられたスリッパを見ているうち、家に上がる気をなくし、私は玄関の隅にあったゴミ袋を指差す。

「これ、捨ててこようか」

「ああ。これから捨てにいこうと思ってたんだけど……いいの？」

「うん。ちょうど靴履いてるから」

ゴミ袋を手に外へ出てエレベーターに乗り、また一階まで引き返す。ゴミ集積場にゴミを放り、戻ってみると、部屋の奥からは掃除機の音が聞こえた。

少しリラックスして、バッグを自分の部屋に放り、リビングのソファに腰掛けテレビをつける。

「ねえ」といつからそこにいたのか急に典子が声をかけてきて、少し驚いて顔を上げる。

「……ねえ、香水をつけてる？　さっきから、すごく匂うの……なんだか、あなたじゃないみたい」

言われて、焦った。何か言わないと、何か言い訳をしないと、と頭では焦っているのに、私の心はなぜかひどく穏やかで、この場合の適切な言葉が、まるで出てこない。私が答えに迷っていると、それ以上追及せずに典子はまた掃除機をかけ始める。典子の姿が見えなくなると、私は自分の手や腕を鼻先に近づけて匂いがするか確認する。自分では、よくわからなかった。香水の匂いはしないが、タケオの体臭はうっすらとする。しかしそれは自分がいつも嗅《か》いでいるからわかるのであって、普段タケオと接触していない典子に、わかるはずがない。カマをかけているのだろうか。それでも、なんだかもうどうでもよかった。

私の頭には近頃、ひとつの考えがしきりにまわり続けている。

女でなければ意味がない――。

立ち上がって洗面所に向かい、念入りに手を洗う。洗面台は、いつも以上に清潔で片付いている。水滴ののった白い洗面台の上で水を切りながら、少し前に別れた不倫相手の顔を思い出す。彼女の家の洗面台はいつも汚れていて、気がついたときに掃除をするのは私の役目だった。愛末《まなみ》はどうしているだろう。ときどき、愛末の服を手にとっては、別れる前に彼女に返しておいた方が良かったのではないかと後悔を覚えたりする。いま思えば私の顔に初めて化粧を施したのは愛未だった。ウィッグを被せ女物の服を着せたのも。ストッキングを穿《は》かせ、私に女装のきっかけを与えたのも全部――。もしもあのとき、ふざけて女装などしていなければ、いまの私はないだろうか。タケオを愛してなどいなかっただろうか。タケオに愛されることなど、なかっただろうか。

*

愛未の自宅トイレで三度目の用を足し、水垢《みずあか》だらけの狭く寒々しい洗面台の前で蛇口を捻《ひね》る。毎度思うことだが、一人暮らしの女性の自宅とは思えないほど汚い洗面所だ。排水口のぬめりに、水垢だらけの鏡、カビの繁殖した歯ブラシのキャップ――。愛未は見た目には気を遣うが、普段は見えない家の中の洗面所や浴室などの水回り、リビングなどには全くといっていいほど片付けが行き届いていない。もともとはルックスの良さと人懐っこい彼女の性格に惹かれ、初めてこの家を訪れた際に、流しに溜まった幾日も洗っていない皿の汚れを目にしたとき、あまりのずぼらさに背筋が凍った。溜めこんだ洗い物や、散らばったゴミ、積み重なった洋服の山を見て驚きはしたが、それでもなぜか幻滅することはなかった。私がやればいいと思ったからだ。彼女が片付けないなら、私が片付ければいいと思った。彼女が洗わないなら、私が洗えばいいと思った。二度目に家を訪れた際には、溜まった食器を洗い、洋服をたたみ、浴室の掃除をし、換気をした清潔な部屋で愛未と二度セックスをした。

外泊が立て続けに重なって、典子に浮気を疑われないかと心配し、愛未の家に行くのを控えた時期がある。愛未は私が警備員として働いているビルの四階にあるオフィスで働いていたが、勤務中に突然ロビーまで降りてきて、私の制服を摑んで泣きついた。

「いっちゃんがきてくれないと、私ダメになっちゃうよ」

いつも綺麗《きれい》に手入れが施されているはずの爪《つめ》は、その日に限って薬指だけが見事に剝げていて、私は彼女を相手にしなかった期間の自分を責めた。

愛未は、かわいい顔をしていた。かわいい顔と、手入れの行き届いた装い、そして程良く肉付きのある抜群のスタイル――。指で触れれば吸い付いてきそうな弾力のある肌に、大きな瞳を縁取るような扇形にカールした長く黒い睫、人形のそれのようにゆるくウェーブがかった茶色い髪、華奢な鎖骨を彩る小ぶりながら存在感を放つネックレスに、短いスカートから覗《のぞ》く薄いタイツの被膜に覆われた形の良い脚。私はよく、彼女の造形の美しさだけではなく、他の男性が気づきにくい、ごくわずかな違い——アイシャドウや口紅の色、前髪の長さや、新調したネックレスやピアス——に敏感に気づいてはそれを指摘し、褒めた。愛未はそんな私を「いっちゃんは誰よりも早く私の変化に気づく」と感心したように言ったが、それは何も愛未に限ったことではない。昔から女性的なものに、他の男性に比べて敏感だった。それは戦隊ものや鉄道玩具よりも少女アニメや人形を好むとか、ズボンよりもスカートを穿いてみたいとか、そういうわかりやすいものではない。おそらく人形を持つのにもスカートを穿くのにも、周囲の男の子に比べれば興味はあったが、何というか、私は子供ながらに冷静で、漠然とした諦観《ていかん》のようなものを抱いていた。自分は男の身体つきをしており、たとえ人形を持とうと、スカートを穿こうと、それらが映えない、つまりは生まれ持った素材が違うわけだから、それらのものをどんなにかわいいと思ったところで、男の自分には見栄えしない、美しくないと、決め付けていたのだ。

だからこそ、生まれつき似合う素材を持って生まれてきた女性達に憧《あこが》れと羨望《せんぼう》の眼《まな》差《ざ》しを向けていた。求めていたわけではないが、早々に自分の限界を知ってしまったような虚しさがあった。思春期の頃はそういった感情が恋愛感情や性欲などと結びつき、常に混濁しているような状態にあった気がする。

女性というのは私にとってわからないつかめない未知のものだった。あらゆる可能性と振れ幅を内包し、いくつもの顔を持っている。愛未を含め、学生時代から現在にかけて見てきた多くの女性は、自分は絶対にそうなれないとわかっているからこその圧倒的で絶対的な存在だった。ある種、憧憬《どうけい》に近い。それは、顔立ちの整った、あるいはセンスやスタイルや話術や才能に富んだ同性に抱く感情とは、似て非なるものだった。


それからは、自分が必要とされるのが嬉しくて、典子に怪しまれない程度に、週に一度は愛未の自宅に足を運び、部屋を掃除してはセックスに及んだ。主婦である典子の苦労が少しだけわかるようになって、家でも自分の洗濯物は自分で干したり、積極的にアイロン掛けをするようになった。

腕時計に目をやると、時刻は夜の一一時をまわっている。さっきからいったい、何度時計を確認しているだろう。

「あと、少し……」

自分に言い聞かせるようにひとりごち、顔を上げる。くすんだ鏡面に自分の顔が当たり前のように映る。ここ最近溜め込んだストレスのせいか肌荒れがひどい。左頬と左顎にでかい吹き出物がふたつ、額と鼻筋には小さな白ニキビが点在している。この白ニキビが厄介で、一〇代後半によくできた思春期ニキビ同様、簡単に膿《うみ》が出るものだろうと思って指で潰すと、膿がわずかに出た後に患部が赤く腫《は》れ上がり、ひどいときにはそこから菌が入って炎症を起こすのだ。潰したら悪化するとわかってはいるのだけれど見るたび衝動に駆られて潰してしまい、結果、痛みを伴う化膿《かのう》が生じる。つい先日ふと思い立って皮膚科を受診しようとも考えたが、師走の忙しい時期に行くのを億劫《おっくう》に感じ、自宅の救急箱を漁《あさ》った。古い抗生物質が見つかったので、三日ほど飲み続けるうち、炎症が治まる。その抗生物質は昨年の夏、典子が耳に開けたピアスの穴が膿《う》んだ際に皮膚科で処方されたものだ。私が彼女の誕生日プレゼントにイヤリングと間違えて購入したピアスをつける目的で開けたはずだが、最近はつけているのを見ていない。もう耳の穴は塞がってしまったのだろうか。

鏡に映るニキビ面を見ていると、また醜い白ニキビの膿を潰したい衝動に駆られたが、ぐっと堪《こら》え、濡れた手の水滴を水垢だらけの洗面台に振り落とした。

洗面台の横に引っかけてあるタオルに手を伸ばす。拭《ふ》くのを躊躇《ちゅうちょ》した後、自分のスラックスのポケットからハンカチを取り出して拭《ぬぐ》った。同じ色のタオルが何枚もあるのか、あるいは長い間取り替えていないのか、この家の洗面所には、いつ訪れても同じショッキングピンクの無地のタオルが吊《つる》してある。ドアノブをまわして廊下に出た。靴下越しに触れる足下の床はおそろしく冷たい。爪先立ちでリビングにあるカーペットの上まで走っていって、昨年の冬に愛未にせがまれて購入したヒーターの前で身体を暖める。

——俺がヒーターを買ってあげなかったら、愛未はいったいどうやって冬を過ごすつもりだったのだろう。

指先から伝わる温もりに癒されながら、漠然とした疑問が湧く。暖房は電気代がかかるからつけたくないと言い張り、ホットカーペットもコタツも電気毛布もストーブも、何ひとつないこの部屋に、暖をとるものを買うように提案したのは私だった。

「だったら、いっちゃんが買ってよ。私、そんなの買うお金ないもん」

私の提案に愛未はあからさまに頬を膨らませる。まだ出会ったばかりの頃は頬を膨らます、唇を突き出す、目を見開くといったどこか古典的にすら感じる表情の動きを演技じみていると敬遠していたが、親しくなるうちに彼女の大げさな表情にのみこまれ、魅力的に感じるようになった。同じ女でも喜怒哀楽のうち、喜びと哀しみが最も際立ち、後の二つが希薄な妻の典子と違って、愛未はいつもこちらが想定した以上の反応をよこす。ときどき彼女の表情に振り回されていると気づいては疲れを覚えるが、感情表現が苦手な自分には、素直に感情を表に出せる愛未がうらやましくも感じられる。

最初、私はヒーターを買うのを渋った。買ってやりたい気持ちはあっても、現実的な問題で、妻からもらう小遣いでやり繰りしている私に、浮気相手にヒーターを買う金など、どこをつついても出てこない。それに、愛未のようなルックスであれば、彼女にヒーターの一つや二つ、買ってやる男がいてもおかしくはないと思うと、わざわざ自分が金を出すのを馬鹿馬鹿しく思ったのだ。遊びだとか本気だとか、付き合っているだとかいないだとか、そういう境界が曖昧な関係のせいで、互いのプライバシーにはそこまで関与しないという暗黙の了解が私たちにはあった。愛未に彼氏がいようと、私以外にセックスをする男がいようと、踏み込まない。想像もしない。想像するとなんだか無性に腹が立ってくるからだ。しかし、私がヒーターを買ってやらなければ、愛未はいずれ他の男にヒーターをねだり、ねだられた男はふたつ返事でヒーターを買い、私がこの部屋に訪れた際には、その男が買ってやったヒーターで暖をとりながら彼女とセックスをすることになる。考えただけで、不愉快だった。私は酒やタバコをセーブし、無駄遣いを控えて小遣いを貯《た》めた。それで買ってやったのが、いま目の前にあるヒーターだ。愛未は、「もっと大きいのが良かった」と、かわいげのない不満をこぼしていたが、私は自分が買ってやったという事実に満足感を覚え、そんな言葉も気にならなかった。

指先が暖まってくると、私はヒーターから少し距離をとり、足元のスマホを摑んだ。

「二次会には出ないから、９時には帰れる！」

最後に愛未からきたＬＩＮＥの文面を見て、深くため息をつく。今日は事前に忘年会があると聞いていたので、彼女と会うつもりなどなかったのだ。ところが愛未が九時には帰れると言い出したので、それならば時間まで彼女の家で待機しようと合鍵を使ってアパートに入った。先週、愛未と約束をしていたにも拘わらず、典子との用を優先させ、予定を直前でドタキャンしてしまった後ろめたさもあったのかもしれない。

典子には、職場を出てすぐ七時過ぎに、遅くなる旨をＬＩＮＥで送った。今朝、家を出る前にも伝えてはきたものの、彼女はときどきぼんやりしているので、話を忘れて私の分の夕食を用意している姿が容易に想像できたからだ。後からその時間には彼女は既に夕飯を作り終え、食卓に並べているはずだと気づく。私が典子へ送ったＬＩＮＥはいまだ既読がついていなかった。

いま一度言い訳のＬＩＮＥを打つべきか否か、手元のスマホを眺めながら逡巡《しゅんじゅん》していると、不意にスマホが震え出す。ＬＩＮＥ電話からの通知で、愛未のプロフィールが画面に表示される。私は愛未の名前を彼女の名字の「相川《あいかわ》」で登録している。もともとは下の名前である「愛未」と入力されていたものを、彼女との関係が始まってしばらくしてから、典子に怪しまれないように自分で変更したのだ。

「……もしもし」

「いっちゃん、やっと出たぁ。もう、遅いんだから！」

待たされた上に遅いと言われても、半ば反射的に「ごめん、ごめん」と謝ってしまう。昔付き合っていた女性に「何をしても怒らないよね」と感心したように言われたことがある。その口ぶりも人をどこか見下している感じがしないでもなかったが、私は何も言わずに笑っていた。怒らないのではなく怒れないのだと気づいたのは、彼女と別れて随分経ってからだ。

愛未の電話口の声が外から聞こえているのに気づき、私は立ち上がった。

玄関の戸を開ければ、やはり、アパートの踊り場に酔っ払った愛未の姿が見える。黒いタイツに膝上《ひざうえ》丈のスカート、白シャツに会社指定のベスト、その上からグレーのセーター、キャメル色のベーシックなロングコートを合わせ、首筋には見慣れない、真っ白なウールのマフラーを巻きつけている。たしか先週まではピンク色のカシミヤのマフラーを巻いていたはずだった。自分の知らない男からの、プレゼントだろうか。私は昨年、初めてクリスマスイブに短い時間だが彼女と過ごしたことを思い出す。その日は愛未が自分の為に予定を空けてくれたのに感激し、彼女に、女性に人気のコスメ店でボディークリームとヘアミストを購入しプレゼントしたのだ。その後普段は行かないラブホテルに行き、ホテル代も自分が持ち、セックスを終え、コンドームを捨てた後のゴミ箱を何気なくのぞき込むと、店で綺麗にラッピングしてもらった包装紙が破り捨ててあった。なぜだか妙に切ない気持ちになり、しかし自分が切ない気持ちになるなど、お門違いだと、もうひとりの自分が耳元で囁いていた。彼女へのプレゼントは消耗品よりも、何か残るものの方が良かったのかもしれない。

「いっちゃあん」

名前を呼ばれ、ふと我に返る。名字が「市村」だから「いっちゃん」。学生時代の、親しい同級生からの呼び名を、いまこうして不倫相手に呼ばれていることが、ときどき妙に可笑しくなる。

すぐ近くにいるのにも拘わらず愛未が電話をかけてくるのはこれまでにも経験があ

る。同じ部屋の中にいるのにわざわざ電話で話しかけてきたときには、少し面倒に感じつつ、電話に出て一時間以上も相手をした。女にペースを乱されるのを面倒に思う一方で、自分の性に合っているような気がすると、うすうす感じてはいる。

「……愛未！」

小声で手招きするように呼び寄せると、彼女はスマホをまだ耳に押し当てたまま、おぼつかない足取りで玄関口まで歩いてきた。

「だいぶ呑んできたね」

「……うーん、そんなに。これくらいよ」

細い、どこか作り物めいた指先で示した下手くそなジェスチャーを、私は彼女よりひと回り大きい手で包むように覆った。カイロを握っていた彼女の指は部分的にとても温かい。

「なんでこんなに遅かった？　忘年会終わるのは九時頃だって、ＬＩＮＥ送ってきたよね？　だから俺は待ってたのに。こんなに遅くなるんだったらもっと早く家に帰ってたよ」

暖かい部屋の中から急に寒い外に出たためか、思いがけず苛立ちがあふれ出てくる。しかし声音は普段通り穏やかで、私は自分にもどかしさを覚えた。

「もう、怒らないでよー。愛未、すごい怖い思いして帰ってきたんだから」

尖《とが》らせた彼女の唇には剝げかけた口紅がうっすらと滲む。唇の際には揚げ物か何かの衣が付着しており、外廊下の明るい蛍光灯のもと、つやっぽく光っている。

「怖い思い？」

苛立って聞き返す自分の声が俄《にわか》に震える。ちょっとした立ち話でも凍えそうなほど底冷えする寒さだった。とりあえず一旦中に入ろうと、愛未の背中を押し、部屋へと促す。彼女は薄暗い玄関でヒールを脱ぐのにもたつきながらも話し続ける。この玄関の電球も、いつからか切れたままだった。

「ねえ、愛未がさっきから遅くなった言い訳に作り話してるとか思ってるんでしょう。違うんだよ、ほんとに。マジでよ。ちゃんと聞いてよね。確かに終わったのは九時じゃなかったけどさあ、でも仕方ないでしょ」

愛未が脱ぎ捨てたヒールを玄関の隅に寄せながら、私も彼女に続いて中に入る。最早終電に乗って家に帰ることなど諦《あきら》めていた。

「忘年会は九時じゃないけど一〇時には終わったの。でも帰り道でつけられてる気がして……。姿を見たわけじゃないのよ？　でもわかるでしょ、つけられてる感覚って」

「つけられてるって、誰に？」

「愛未もよくわかんないんだけどさあ、ほら前に話したでしょう？　覚えてない？　呑み屋で知り合った男にしつこくつきまとわれたことがあるって。先週もそうだったんだ。だから、途中で遠回りして帰ってきたんだって。そいつー、ＬＩＮＥブロックしたのに、今度は職場のメールアドレスにまで脅迫メール送ってきたのよ。粘着質な奴だよね」

　タバコの臭いが染みついた、肩までの長さのウェーブがかった髪の毛を何度もかきあげながら、愛未はマフラーも外さずコートも脱がずにカーペットの上に膝を曲げて横たわった。側に行くと、少し身体を起こして首に手をまわされ、唇を寄せてくる。あまりに酒臭くて不快だったので、軽く唇を押しつけたきりで早々に離し、会話の続きを促す。

「前に付き合ってたっていう男？」

「違う違う。付き合ってなんかないの。向こうは勘違いしてたみたいだけど」

　愛未は人差し指の先っぽを渦をかくように私の膝の上でまわしていたが、取り合わないでいると、飽きたように背を向けて、忘年会の出し物で使用したらしい衣装をバッグから取り出し始めた。

チャイナドレスに婦人警官のコスチューム、セーラー服などが詰め込まれた鞄の底の方には、警棒につけ耳、ウィッグにハイソックスといった小物まで見える。

愛未は衣装を取り出すと、忘年会のビンゴの景品だったという安物のワインの栓を開け、側にあったグラスに注いで呑み始めた。

「俺にも何かくれる？　何でもいいから」

この時間になって今更慌てて家に帰るのも白々しいと、どこか開き直っている自分がいた。ワインをあまり好まない私に向かって、同じく景品でもらったというコンビニなどでよく見かける酒瓶を愛未が放る。

平日の夜は、たとえ金曜でも呑み会をのぞいてはアルコールをほとんどいれない。限られた小遣いでやり繰りするのには倹約する必要があったし、呑まないでいる日が続くと自然と呑みたいという気持ちもなくなる。タバコも同様で、口寂しいと時折感じても、禁煙を継続しているうちに以前の「吸う」状態から遠ざかっている自分がいた。要するに、酒もタバコも言うほど好きではないのだということを、最近自認した。周りが吸うから自分も吸うし、周りが呑むから自分も呑むのだ。要はポーズだ。たとえば愛未と最初に関係を持ったのも、はじめからそこに自分の意志などなかったように思う。

初めてタバコを吸ったのは、中学二年生のときだった。私は野球部に所属していたが、私の代の野球部は素行の悪い不良ばかり集まっており、教師に隠れてトイレでタバコを吸うのは日常茶飯事だった。私は人に合わせることは得意だったがどこか生真面目なところがあったので、みんなと同じようにタバコを吸うのは憚《はばか》られた。それで、いつもタバコとライターを隠し持ち、誰かが吸おうと言い出したときにいつでも差し出せるようにしていたのだ。

タバコを配り、各自にライターで火を点《とも》してまわっていれば、自分がタバコを吸っていなくても、周囲から咎《とが》められることはほとんどなかった。持っていても吸ってはいないという事実が、集団行為での背徳意識をわずかに和らげたのだ。しかし、いつか誰かから「いっちゃん、おまえ何で吸わないの?」と言われるのではないかと、いつもどこかでびくびくしていた。

女性と初めて付き合ったのも高校生のときだ。その頃の私は女にもセックスにも当然のように興味はあったが、彼女を作るとか、セックスに誘うとか、何か、行動にまで移すほどの原動力のようなものは、他の男子生徒に比べてどこか欠落していた。性欲はあったものの、そこにいたるまでの過程を想像すると、億劫に感じるのだ。しかし、ほどなくして私は童貞を捨て、恋人も作った。そのときもやはり、タバコと同様、自分の意志というよりは、思春期真っ只中の男が、色恋のひとつやふたつ、経験していないとおかしいという、周囲の認識と自分の認識の差異を埋めるためだったように思う。

当時、私にはふたつ年上の憧れの先輩がいた。そもそものきっかけはその先輩に彼女ができたから、彼の影響で私も恋人を作ろうと思ったのだ。

背が高く、バスケ部のエースだった先輩は校内でも目立つ存在で、彼と付き合う女にも周囲の好奇の目は絶えなかった。美人だ、かわいい、という彼女に対する評価ばかりが飛び交う中で、私が考えていたのは、どうすれば自分のリスペクトする先輩が、私が彼の身近にいるのを許してくれるかという一点だった。そしてそれを実現するためには、自分にも「彼女」という存在が必要であるとわかったのだ。異性への関心よりも、仲間意識の強い私が常に気にしていたのは同性の目だった。

「これ、全部忘年会で使ったの？」

目の前に次々と広げられていく見慣れない衣装を、好奇心から指でつまんで自分の方に引き寄せ、質感を確認しながら私は尋ねる。

「うーん、事務の女の子、七人でしょう。それぞれ色んなのに変装して。もぉ、脱いだり着たりー、脱いだり着たりー、大変だったんだから。ほら、愛未ってサービス精神旺盛《おうせい》でしょう？　これもやってー、あれもやってー、って言われるとつい……ね。んなことよりこれ、着てみてよ。いっちゃんが着てるとこ見たぁい」

愛未は酔うと、必ずといっていいほど無理難題を押し付けてくる女だった。冗談半分、本気半分、目に付いたチャイナドレスを手に取り、とろんとした眼差しを向けてくる愛未の前で服を脱ぎ始める。

龍や花の刺繍《ししゅう》があしらわれた安っぽい光沢感のある生地のチャイナドレスは、愛未の香水とタバコの臭いが染みついている。なんとなく着替えを見られるのが気まずくて、洗面所に向かおうとすると、「ここで着替えて！」と引き留められる。

仕方なくスラックスを下ろし、上も脱いで、チャイナドレスを手に取る。上から被ろうとしたが、どちらかと言えば痩せた体型の自分でもかなり細身のつくりで、破れてしまいそうだったので、今度は下から足を通す。腰から尻にかけては締め付けを感じたものの、胸の辺りまで引き上げると腕を通すのは案外すんなりといき、後は側面のチャックを閉めれば完璧《かんぺき》だった。

「いっちゃん、やっぱめっちゃめちゃ似合うよー!!　超かわいい!!」

からかわれているだけだと思いつつ、「かわいい」と言われてまんざらでもない気持ちになる。

「なあ、これ、自分じゃできない、閉めて」

チャックを上げるように頼むと、愛未はかったるそうにグラスをテーブルに置き、膝をついて少し前のめりになり、引き上げてくれた。

「もっと痩せなよぉ。ぱつぱつじゃん」

「俺、痩せてる方だと思うんだけど」

「……似合ってるけど、でもなあ。脚がなぁ、男の脚なんだよなぁ。……そうだ――」

愛未は衣装の入っていたバッグの中に再び手を突っ込む。奥から絡まったストッキングを引っ張り出すと、黒いストッキングだけ抜き取って私の方に投げてよこした。

「これ穿いてみて」

それは生き物のように柔らかく湿り気があり、ふにゃふにゃとした形状で丸まっていて、直前まで誰かが穿いていたことを思わせた。カーペットの上に広げて伸ばし、ストッキングの入口を探し当て、足を通す。途中、伸びた爪でストッキングの繊維を引っかけてしまったが、愛未は気づいていない。私は今度は慎重に生地を扱いながらゆっくり上へ上へ、自分の内側へと手繰り寄せるように引き上げていった。女性と脚を交えているように、温もりが肌を優しく撫ぜる。

「お化粧もしてあげるね」

コスメポーチから取り出した細長いのやら四角いのやら筒状のやら、様々なメイク道具を足元に並べて、愛未は楽しそうに赤い顔をして笑う。

顔全体にパフでファンデーションをはたかれた後、「目とじて」、と言われるがままぎゅっと強く閉じると、「もっと力抜いて」と注意される。加減がよくわからなかった。柔らかな筆先が瞼を何周かしたかと思えば愛未の指の腹が瞼の上の肉を押し上げ、尖ったペン先が睫の生え際をなぞる。慣れない感覚にみぞおちの辺りが急に痛くなった。

もうあけていいよ、と言われ、おそるおそる開くと、目に化粧品の粉が入ったのか目尻から涙があふれ頬をつたう。

「泣いたらダメ。せっかくしたのが崩れちゃうじゃん」

愛未に注意され、私は「ごめん、ごめん」と口では謝りながら、それでも涙は止めようもなく、目尻から流れ続ける。

やがて私の唇に繰り出した口紅の先端を押し当てながら、愛未は満足そうに微笑んだ。

「いっちゃん、かわいい……」

潤んだ瞳で見つめられ、私はたったいま、彼女がひいてくれたばかりの口紅のついた唇を思わず舐めてしまう。人工的な香料の風味が唾液とともに口内に広がる。

愛未は口紅のついた私の唇に自分のそれを押しつけ、吸いついた。絡めた舌先から送られる唾液もまた、口紅の味がする。彼女の長く太い鋭角な睫の曲線が私の瞼に触れた。

「どんな気分？」

「……変な気分だよ」

私は率直に戸惑いの感想を述べる。他に適当な言葉が見つからなかった。

「いっちゃん、かわいいよ、すっごく」

愛未はもう一度、言葉を噛み締めるみたいに言った。

首に腕をまわし、巻き付いてくる愛未に応じながら、私は自分の目で今の姿を見たいと思い立つ。「ちょっとトイレ」と告げ、彼女の腕を解《ほど》き、その場から立ち上がる。

洗面所の鏡に映った自分の姿を見て、息をのんだ。愛未の言うとおり、私はチャイナドレスのよく似合う「かわいい」女になっていた。肌が驚くほど白い。口周りの髭の剃り跡や突出した吹き出物こそ不恰好だが、毛穴はすべて引っ込んだように跡形もなく、頬はうっすらと上気している。唇は艶《つや》やかに光り、睫が人形のように長く太く濃い。鏡に顔を寄せ、意識的に瞬《まばた》きを繰り返し、唇の上下を擦り合わせる。初めて目にする自分の姿に、沸き上がる静かな高揚感を鎮めようと、胸元を押さえる。

ドレスのスリットから見えるストッキングに包まれた私の脚もまた女のそれのように妙に生々しく、鏡に映る顔や身体すべてが自分のものではないような浮遊感を覚えた。

私は鏡の中の自分を見つめながら、いつ愛未のもとに戻るべきか、まわらない思考の中でひたすら考え続ける。


愛未の家を出たのは、結局深夜二時を過ぎてからだった。タクシーで帰宅し、寝室で眠っている典子に気を遣って忍び足で廊下を通りリビングに向かう。スラックスの中で、私の脚は、まだストッキングに包まれていた。これを穿いているだけで、随分と寒さが凌《しの》げる。こんなに薄い生地を身につけているだけで果たして暖かいのだろうかとこれまで侮っていたが、事実ストッキングは暖かく、穿いているのといないのとでは格段に違う。

家に着いた私が真っ先に向かったのはリビングに設置してあるクローゼットだった。

女性の下着に興味を持ったことなどないのに、愛未の家を出てから自宅に着くまでの間、典子がどんな下着をつけているのか、なぜかそればかりが気になった。それは典子に対する興味というよりは、彼女の下着を仮に自分が身につけたらどう映るかという想像を自分に喚起させるためだった。セックスに及ぶとき、彼女の下着を脱がしたことは幾度となくあったが、色やデザインをまじまじと見たのは、おそらくただの一度もない。

年末の大掃除と称して、典子は部屋を片付けるために先週断捨離をしており、クローゼットの中はだいぶ整頓され、ショーツとブラジャーがセットになっているものが六組ほど、そのブラジャーと対になっているキャミソールが三つ、綺麗に折り畳まれ、引き出しに収められていた。

下着はベージュや黒やグレーなど、どれも精彩にかける色味のものばかりだ。彼女らしい、と私は思う。一方で、わずかな落胆も覚える。私は自分が、典子に対して何を求めているのか、ときどきわからなくなる。

典子は交際当初から、自分の身なりに気を遣わない女だった。化粧こそしてはいたが非常にナチュラルで、美容や服に関しても同年代の女性に比べると無頓着だ。デートにスカートを穿いてきたことなどただの一度もない。髪もショートカットで、見た目にはかなりボーイッシュだった。交際期間中、何度か彼女にプレゼントを贈ったが、典子は何をあげても笑顔を見せ、喜んではくれるのだけれどその反応はどこか味気ないもので、奮発して購入した婚約指輪にさえ、それまでに贈った服や雑貨などと大差ないリアクションだったときには少ししらけた気持ちになった。

典子に出会ったとき、私は当時付き合っていた恋人にこっぴどく振られた直後で、精神的にかなりまいっていた。彼女は美人でスタイルもよく、隣に連れて歩くのが自慢だった。大学に通いながらバイトをして、いま考えれば彼女にあきれるほど貢ぎ、あげく逃げられてしまい、それからしばらくして典子に出会った。

初デートのときから、典子は食事代をきちんと割り勘にしないと気が済まない女だった。

「奢《おご》らせてくれ」と言っても、自分の食べた分は自分で払う、と言って聞かないのだ。前の彼女との一件で疑心暗鬼になっていた私は、男としてのプライドを傷つけられるということもなく、互いに負担のない気楽な交際が幸いしたのか、付き合って一週間後には勢いで同棲を始め、半年後には籍を入れた。

周囲から結婚はまだ早いのではないかという声もあったが、結婚に早いも遅いもない。偶然にも互いに父子家庭で育ち、早いうちに身を固めて安定した生活を送りたいというふたりの意志が合致した結果だったように思う。結婚して数ヶ月が過ぎ、最初は「そのうちできたらいいね」とふたりで話し、ぼんやりとしか望んでいなかった子供がなかなかできないとわかっても、夫婦間に亀裂が生じるということもなく、セックスの頻度こそ落ちていったが、私たちは変わらず仲が良かった。そのことに、私は逆に不安を覚えた。典子が何をあげても変わらない表情で喜ぶように、そこに軽薄も落胆も拒絶もないように、彼女の表情にはどこにも真実がないように感じたのだ。それからの私は漠然とした焦りを抱くようになっていった。

私は帰り際、どさくさに紛れて穿いてきたストッキングを、スラックスの上からゆっくりと撫でる。愛未と初めて関係を持った日、私はひどく安心した。何に安心したのかはわからない。しかし、昨日ストッキングを穿いたときに、そのときの安心と同等の安心を覚えた。そしてそれも何に対するどのような安心なのか不明瞭なものだった。穿いている時間が長ければ長いほど脚に馴染《なじ》んでいく不思議を感じながら、私はその場でスクワットでもするみたいに屈伸し、ストッキングの伸縮性を感じた。

私は、典子と結婚するまで、妻は夫の為に早く起きて朝食を用意するものだと信じて疑わなかった。もっとも、それは、私の理想や願望というより、親戚夫婦から、毎朝妻の手料理を食べて出勤していると聞いていたからである。典子も、いまの仕事を始める前までは簡単な朝食を拵えてくれてはいた。しかし現在は、どちらかといえば夜型で午後から出勤する彼女は、午前中いっぱい寝ていることも少なくなく、朝は私が自分で食パンを焼いて食べるか、コーンフレークに牛乳をかけて食べるかのどちらかが多い。弁当は基本典子の手作りだが、作り置きしてあるものを朝レンジで温めて持っていくこともあれば、私が家を出る時間を見計らって起床した典子が、弁当箱におかずを詰めてくれたりもする。今朝は、私が朝食を食べている最中に典子が起きてきてキッチンに立った。

「眠いの？」

パジャマ姿でキッチンに立ちながらあくびを繰り返す典子を見かねて、尋ねる。

「昨日の夜、ちょっと遅かったから」

顔を上げずに彼女は答える。私はコーンフレークに牛乳を注ぎ足しながら、なおも話しかける。

「弁当なら自分で準備するからいいよ。今日も仕事だよね？　時間までゆっくり寝てなよ」

こんな風に、典子を刺激しないよう、優しくねぎらいの言葉をかけるようになったのは、いつからだろう。それまで彼女に対してそこまで気を遣ってはこなかったが、一年ほど前、典子が仕事に出たいと言い出してひと悶着《もんちゃく》あって以来、少しずつ妻の顔色を窺うようになった気がする。いまでこそ考えられないが、当時の私は典子が外で働くことに反対していたのだ。結局、自分の父親や典子の父親には言わないという約束のもとで、典子が仕事に出るのに賛成した。実際、私の年収は周囲の同年代の男性に比べて少し低かったが、それでも子供もいない贅沢《ぜいたく》もしない夫婦ふたりの生活には十分すぎるほどの稼ぎだったように思う。しかし典子が働きに出れば、生活が潤うのもまた確かだった。

いま考えれば馬鹿馬鹿しいが、私には私の事情があり、プライドがあったのだ。けれど、それを言葉にしてうまく典子に伝えることが、当時の私にはできなかった。学生のとき、金がないのに彼女にご馳走《ちそう》すると見栄を張って、普段足を踏み入れたことのない高価格帯のレストランに連れて行き、値段を見ずに次から次へと料理を頼み、あげく持ち合わせている金が足りず、彼女に半分以上出してもらったことがある。典子が外で働きたいと言い出したとき、私の心をよぎったのはそのときのみじめな感情だった。

典子は結婚前から知り合いが働いていたというＷＥＢ制作会社で、商品のキャッチコピーなどを考える仕事に就き、やがて軌道にのり始めると、それまでは私が自分の財布を管理し、毎月典子へ生活費を渡していたのが逆転した。典子の仕事が安定すればするほど、私は彼女に頼るようになった。頼り、信頼し、自分の財布を預け、いつしか私の方が小遣いをもらい、その小遣いの中でやり繰りするようになったのだ。

まるで性別が逆転したみたいだと、思うことがある。男は外で働き、女は家庭を守るという、古典的な差別意識が、自分の内側に無意識のうちに常に流れているせいかもしれない。

アルミ素材の弁当箱が軽い音を立ててテーブルの上に置かれる。

「ありがとう」

私が丁寧にお礼を言い、食べ終えた食器を片付けようと腰を浮かしかけると、典子が向かいの椅子に腰掛け、コーンフレークの袋をとって中身を皿に空けた。

「珍しい、食べるの？」

「うん、今朝はなんだかお腹が空いちゃって」

普段朝食を食べない典子が食べるならと、私も椅子に座り直し、おかわりする。少し緊張していた。今朝、私はいつもより早く起き、シャワーを浴びてから昨日穿いて帰ってきたストッキングに、再び足を通したのだ。汗の乾いた後のような湿った臭いがわずかにしたが、消臭剤をかければすぐに気にならなくなった。ゆっくり時間をかけ、昨夜の感触を思い起こしながら丁寧に上へ上へと引き上げる。皮膚の上で絡まった脛毛をなぎ倒すように、やわらかな温もりが肌を滑り、包み、心地良い一体感を生みながらぴたりと密着する——。私はテーブルの下で脚を組もうとしたが、ストッキングの上に穿いているスラックスのせいか、うまくいかなかった。これを穿いてからずっと、身が引き締まる感覚があり、自然と背筋が伸びる。妙な居心地の悪さの原因は、おそらく股ぐりのもたつきだ。それでも脚を包む感触は、この上なく優しかった。

「どうかした？」

気がつくと、典子が怪訝《けげん》な表情で私を見ていた。何か気づかれただろうか。平静さを装って「何が？」と聞き返す。

「いや……ううん。ごめん、何でもない」

私は典子から視線を逸《そ》らし、皿に残っていたコーンフレークを口に運ぶ。何か言いたそうな間を感じ、顔を上げる。典子が口を開いた。

「そういえば、昨日随分遅かったね、帰り。職場の呑み会だったんでしょう？」

「ああ……もしかして、帰ってきたの気づいてた？　俺、うるさかったかな」

典子は寝室で熟睡しているものだとばかり思っていた私は、動揺してテーブルに身を乗り出す。

「夜中三時くらいだったかな？　たまたま少し目が覚めたときに洗面所の方から物音がしたから、帰ってきたんだなと思って。遅くまで呑んでたのね、次の日があるのに。体力あるよね、あなたって」

怒っているか否かは、表情を見ればわかる。典子は怒るどころか感心しているように首を揺らしながら、「ごちそうさま」と言って軽く手を合わせ、食器を持って立ち上がる。もう、最後に触れたのがいつかも思い出せない妻の、丈の短いパジャマ姿の足元から小ぶりな尻まで何往復も視線を滑らせながら、ストッキングに包まれた足先を落ち着きなく擦り合わせ、私は話題を変える。

「典子は、スカートとかってあんまり穿かないな」

「……急に何？　私、スカートとかって似合わないタイプだから。あと、学生のときに電車で痴漢にあって、それ以来ちょっとトラウマみたいになってる」

「そんなことないよ。俺は、似合うと思う。でも、痴漢の話は初耳だな――。じゃあもちろん、ストッキングとかも穿かないわけだ？」

「そうね、あんまり穿かないかもね。それは単純に、あの締め付け感が苦手っていうのもあるけど。それこそ、冠婚葬祭のときに我慢して穿くくらい」

典子が洗いものを終え、カップにコーヒーを注いで再び椅子に腰を下ろす。

「でもね、学生の頃、素足が嫌で穿いてた時期はあったよ。スポーツやってたからかわかんないけど、脚にしょっちゅう傷やら痣《あざ》やらできて、それが恥ずかしくて穿いてたの。いま思うと全然気にならないようなことなのに、当時は嫌で仕方なかった——。私、ほんとは男子と同じスラックスが良かったんだよね。周りの子達に話すと、女なのに変って言われたけど。なんかさ、女は「スカート」って指定されると、不思議と反発したくなるの。制限されてるような気がして」

淡々と話す典子は、いつも以上に饒舌《じょうぜつ》に感じられた。喋《しゃべ》らないときは全く喋らないが、一度スイッチが入ると堰《せき》を切ったように話が止まらなくなる。不意に典子に興味が湧く。付き合っていた頃よりも結婚したてのときよりも、ずっと——。聞きたいことはまだあったが、あまり質問すると怪しまれそうなので、私は口をつぐむ。使った食器を流しに運びながら、ストッキングの上にスカートを穿いて外を歩くのは、どんな気持ちだろうかと想像する。想像しているうちに、なぜかその光景が、経験したこともないのに懐かしいものに思えてくる。私は家を出るまで、何度もスラックス越しにストッキングを撫でた。手が届きそうで手の届かないものを愛《め》でるようで、自分のものではないのに自分のものであるようで、典子が側にいるにも拘わらず、思わず頬が緩んでしまうのを抑えることができなかった。

「愛未のストッキング、昨日間違えて持って帰っちゃって……今日返したいんだけど、仕事の後、ちょっと時間作れないかな？」

満員電車でスマホを開き、愛未にＬＩＮＥを打つ。誰も見ていないとはいえ、内容が内容なだけに周囲の目が気になる。朝の通勤時間、日中の休憩時間、帰りの車内で、私は主に愛未にＬＩＮＥを送る。返信がこなくても、あまり気にしないようにしていた。典子とのＬＩＮＥは家を出てから帰宅するまでの間で二往復程度だ。これが多いのか少ないのかはわからない。学生時代の友達とは、年に一、二回呑み会で顔を合わす程度だ。グループＬＩＮＥは頻繁に交わされているものの、当日決行の呑みの誘いや休日の遊びなど、私以外は皆独身者だけあって、自由気ままな内容が飛び交う。既婚者で時間に余裕がないから彼らとの遊びに応じられないというわけではない。むしろ私は子供もいないし、妻にも縛られていない。既婚者としては自由な方のはずなのに、その自由さは、むしろ疎《うと》ましがられるものなのではないかと、独身のときに比べて、格段にフットワークが重くなってしまった。結局、仕事帰りに呑みに行く相手は同じ警備会社に勤める先輩の澤野さんにしぼられている。

澤野さんは短髪でがたいの良いマッチョで、背も高く「男らしい」という言葉が実によく似合う。顔の造形は目や鼻や口といったパーツごとに見ると大ぶりで少し不恰好だが、配置が整っているので一見して美しい顔に見える。髪はどちらかといえば長髪で天然パーマを無理矢理引き伸ばしたみたいな縮れ髪だ。背は高いが痩せ形で、筋トレをしてもなかなか筋肉のつきにくい一見軟弱にも見える私とは対照的だった。

三二歳の澤野さんは、二〇代前半と比較的早めに結婚した私と違って、いまだに独身生活を謳歌《おうか》している。以前二人で呑んだとき、恋人の有無を聞くと、特定の彼女とかはいないよ、といかにもプレイボーイらしい発言を臆面もなく述べた後で、週末の過ごし方について話して聞かせてくれた。

「金曜、土曜とかは基本、男友達と呑みだな。呑み屋街とかいけばOLうじゃうじゃいるからさ、話しかけやすそうな二人組狙《ねら》って声かけて、そのまま二軒目に連れ出して、うまくいけばそのままホテルに直行よ。俺は誘い方が上手いから高確率で連れ込めるわけ」

下世話な話を声高に語るので、隣の女性客の視線が痛く、気になった。

「いいなあ。澤野さんと歩いてればモテそうだもんなぁ。今度僕も連れてってくださいよ」

　ふざけて冗談半分で返す。実際のところ、女性にモテたいのか、澤野さんのようなルックスの良い、見栄えのする男と肩を並べて歩きたいのか、自分でもよくわからなかった。昔から、顔立ちの整った体格の良い男が好きで、友達になりたくて、自分から積極的に話しかけていたことを思い出す。相手が先輩だった場合は、手っ取り早く気に入られたくて彼の荷物を持ったり、購買で菓子パンやプリンを買ってきて渡したり、いわゆるパシリ的なことも厭《いと》わなかった。お気に入りの先輩に電話で呼び出され、誰よりも早く飛んでいった私に驚いた顔をして、「おまえ、クソ早いな」と目をむいて笑われたときは、初めて女の子とキスをしたときよりも嬉しいくらいだった。

　私の軽口に、それまでの卑猥さが嘘のように、「おまえは結婚してるだろ」と一蹴《いっしゅう》される。海鮮料理を得意とする居酒屋で、テーブルの上にはとりあえず注文した刺身の盛り合わせとホッケの開きがあった。澤野さんは、「いいだろ、これでとっても」と自分の使った箸《はし》でホッケをつつく承諾を得てから、慣れた手つきで脂ののった身に箸を通す。丁寧に骨を剝がし、ほぐした身に醬油《しょうゆ》を数滴垂らして口に含む。骨があったのか、険しい顔で唇の際から舌で押し出した。

「結婚してたら、ダメなんですか？」

私もホッケの身を自分の箸で崩しながら尋ねる。

「ダメに決まってるだろ。俺はこう見えて不倫反対派だからな」

「どの口が言ってるんだか」

悪態を垂れながら、ジョッキに残っていたビールをぐびっと呷《あお》る。

「なんだ、これおまえのだわ。間違えて呑んでた」

澤野さんが呑みかけのグラスから口を離す。彼のグラスは既に空になっていた。

「全然いいっすよ」

手元に戻ってきたグラスの縁に、澤野さんのぼってりとした大きな唇の痕《あと》と思われるぼやけた輪郭を認めたときには、既に何の話をしていたのかもわからなくなっていた。


常駐している派遣先のビルに着き、警備服に着替える際、ストッキングを脱ぐか迷った。人前で服を脱ぐわけでもあるまいし、中に何を着ていようがわかるはずもない。できれば愛未と会うまで、彼女にストッキングを返す直前まで、足を包む薄い生地の感触と、窮屈というには及ばない程よい締め付けを味わっていたい。

午前九時前に始まる朝礼の際も、その後搬入の受付にきた車を誘導する際も、誰かに見られているような気がして妙にそわそわし、普通に歩くだけなのにどこかぎこちない動きになる。しかしその落ち着かない感覚も私にはなんだか刺激的で、これがストッキングの上にスカートなど穿いていたりすれば、見られる意識が加わり、さらにそわそわするだろうと思い、女性の気持ちがなんとなくわかったような気になった。搬入口での誘導が済むと一階の防災センターでモニターの監視業務に移り、その間はほとんど人の視線にさらされなかったが、それでもやはり落ち着かず、通常の時間感覚より早く、昼休憩の五分前になった。いつも休憩をとっている屋上に上がる前に、一度受付の通用口の様子を見るため、エレベーターに乗り込む。一緒に昼をとる後輩の川名《かわな》に声を掛けるためでもあった。警備は交代制で、だいたい同じ時間に休憩をとれる後輩は限られている。毎日必ず声を掛けているので律儀だと言われるが、ひとりで飯を食うほど寂しいことはない。

中には一匹狼を気取ってかそれとも本当に貴重な休み時間をひとりで過ごしたいのか、いつもひとりで弁当をつついている同僚もいるが、警備会社は基本的には体育会系の職場で、男同士群れているのが普通の光景だった。いま思えば学生の頃から一貫して運動部に所属し、あえてＴＨＥ男社会みたいな集団に、気弱な自分の性格を顧みず飛び込んでいくようなところがあった。好んで飛び込むというよりは、男性気質の輪の中で群れていた方が、より男らしくいられるような気がしていたからだ。勝負や競争に勝てる自信があるわけでも争う姿勢があるわけでもないのに人一倍こだわってきたのもまた、そういった勝負事が「男らしさ」の象徴であるという社会の規範から目を背けたくなかったからかもしれない。

エレベーターを降りて川名を探していると、一階のロビーに愛未の姿が見えた。神妙な面持ちで見知らぬ男と顔を寄せて話しこんでいる。男の方が愛未の肩に手を置くと、彼女はそれを振り払うような素振りをした。ふと、昨日愛未が男につけられているると話していたことが頭をよぎる。何となく気になって、自販機の前で購入を装って二人の様子を窺っていると、私はだんだん男の顔に見覚えがあるような気がしてくる。口元にある隆起した大きなホクロに視線が留まると、それが確信に変わった。私は以前、男と男の連れの女、そして私と愛未の四人で新橋のガード下の呑み屋で一度酒を酌み交わしたことがあったのだ。

その日、私と愛未は仕事の後で都内まで繰り出し、目に付いた居酒屋に入り、二人で酒を呑んでいた。セックス抜きで食事だけをともにしたのは、思えば愛未と出会ってからあのときが初めてだった。愛未は酒を呑むペースが早く、私も彼女に急《せ》かされるように次々とジョッキを空けていった。いつからそこにいたのかはわからないが、相席をしていた近くの客が私ではなく愛未に、何やら話しかけている。私といるのに男に話しかけられた愛未がまんざらでもなさそうな態度をするものだから、男の方も調子にのってどんどん彼女に話を振る。てっきり一人できている客だとばかり思っていたが、途中で椅子を引きずるようにして二〇代後半くらいの地味な見た目の女性が近づいてきて、男の連れだというので戸惑った。しかしいつしか酔っ払った四人でいまいち嚙み合わない会話のレスポンスがなされ、途中から男が露骨に愛未の顔や身体をいやらしい目で見ていることに気づき、少し腹が立ったがそのまま放っておく。連れの女を相手にしなくていいのかと思い、途中で二人の関係性をそれとなく尋ねると、職場の同期らしく、「たまに吞みにいくだけだよ。女としては見てない」と聞いてもいないのに余計なひと言まで返ってきた。デリカシーのない男なのか、酔って気が大きくなったのかはわからない。おそらくそのどちらもなのだろう。私と愛未の関係性については聞かれず、安心するのと拍子抜けするのとで複雑な思いだった。そうこうしているうちに終電の時間が迫ってきたので、四人で店を出て駅まで連れ立って歩き、帰る方角の異なる愛未と男とは駅の改札で解散する。男の連れはそのとき既にいなくて、いないことに気がついたのも電車に乗ってからだった。

「昨日は無事に帰れた？」

翌日の朝愛未にＬＩＮＥを入れた。愛未の私生活について詮索《せんさく》する気は毛頭ない。自分にそんな資格がないことだってわかっていた。ただ、自分は昨日別れ際まで彼女と一緒にいたわけだから、その後の動向くらいは、聞いてもいいような気がしたのだ。

愛未からは「うん」とそっけない返事がきて、その話はそこで終わり、男との関係がずっと続いているとは思わなかった。しかしある日愛未が私にブランド品の買取価格の相場を尋ねてきて、「誰からもらったの？」と嫉妬《しっと》も含めて尋ねると、「男」とひと言返ってきた。愛未は交際人数も経験人数も多い女だと認識していて、その「男」がいつ付き合っていた誰なのか、私には見当もつかない。言葉を探していると「いっちゃんも知ってるよ。ほら、前にふたりで呑みに行ったとき、居酒屋で絡んできた男いたじゃん、あれ」と愛未が口にする。すぐには記憶が結びつかなかった。話を聞くうちに、徐々にあの夜の出来事が鮮明に蘇ってきて、男の愛未を見るいやらしい眼差しが色濃く脳裏に浮かんだ。

「あいつとさぁ、一時期ちょっと、付き合ってはいないんだけどそういう関係になって、でも彼氏面《づら》して束縛してくるからキモくって離れたの。まあ、色々もらったものとかあったんだけど、連絡拒否してもしつこくつきまとってくるから、なーんかほんと引いちゃって――」

「先輩ー！　もしかして俺のこと探してました？」

　背後から声を掛けられ、私は驚いて振り返る。コンビニのレジ袋を手にした川名が悪戯っぽく笑いながら立っていた。

「いや――。ああ、そうなんだよ、昼飯、一緒に食べようと思って。もう行ける？」

「大丈夫です。あ、俺トイレ寄りたいんで、先に屋上行っといてもらっていいですか？」

「おう、全然いいよ。あ、俺も、あれだ、ちょっと更衣室よってから向かうわ」

「了解です！　今日も愛妻弁当ですか？」

　うらやましいなあ、と冷やかしてくる川名を適当にあしらいながら、私は先ほどの二人の方を振り返る。ロビーにはもう、男の姿はなく、辺りを見回したが愛未もどこにもいなかった。


「いや、煮物って最高ですよね。ほら、俺一人暮らし長いじゃないですか。実家にもほとんど帰ってないし。もう何年も家庭料理とか食ってないですもん」

川名がコンビニのサンドイッチをつまみながら、私の手元を横目でうらめしそうに眺める。私は苦笑しながら煮物のかぼちゃに箸を通し、自分の口に入れた後で川名の手のひらにもひとつのせてやった。

「俺は毎日弁当だからさ、ときどき無性にジャンクなものが食いたくなるよ。夕飯も奥さんの手料理だしな……ないものねだりかな」

夢中で、というより忙しなくサンドイッチをむさぼる川名を見ながら、かぼちゃの煮つけで水分を奪われた口内にペットボトルのお茶を流しいれ、私は小さな不満を口にする。

「完全にないものねだりですね。贅沢言っちゃいけません。作ってもらえるだけありがたいですよー」

川名はサンドイッチからレタスの欠片をこぼしながらも、そのことに気づかず話し続ける。男のわりに、女のような綺麗な手をしている。指の節も細く、少し深爪ではないかと思うほど短く切られた爪が日の光に照らされてまぶしく光った。

「なあ、川名は女装とかってしたことある?」

気がつくと、そんなことを尋ねていた。自分でも自分の質問に驚き、急に穿いているストッキングの腿《もも》の辺りを窮屈に感じる。体勢を変え、脚を組み直そうとしたが、思いのほか伸縮性がなく、うまくいかずにひとりでもぞもぞとする。

「なんで？　市村さん興味ありましたっけ？」

警戒されるか驚かれるかの、どちらかの反応が返ってくるとばかり思っていたが、こともなげな口調で尋ね返される。そういえば、川名はこういったことに免疫がないわけではなかった。彼自身は彼女がいて恋愛対象は女性だが、ゲイの友達がいて、二丁目界隈にも友人に連れられてよく呑みに行くと以前話していたのを思い出す。

「いや、この前テレビで見てさ、女装男子っていうの？　流行《はや》ってるのかなあと思って」

川名の反応には安堵《あんど》したが、昨日の出来事を詳細に語るのは憚られ、平静さを装って質問を続けた。

「ああ、それ俺も最近テレビで見たかもしれないです。実際二丁目でも一回、仲良くなった女装子《じよそこ》さんいたんですよ。今は連絡とってませんけど……。結構、そこら辺の女の子よりかわいい顔してるんです。まあ、あれはもとがいいのかな？　A面B面ってわかります？　女装界隈ではよく言われるみたいなんですけど、A面は女装してる姿で、B面はその逆。その子にB面のときの写真見せてもらったんですけど、すごいイケメンだったんですよ。ちょっと中性的な感じはしましたけどね」

「そっか……。川名はどうなの？　女装とか、したことは？」

「俺ですか？　俺はー、大学んときに一回ふざけて女装させられたことならありますよ。サークルの女子たちから。そんときは、セーラー服だったかな、なんかそんなようなのを着せられて、メイクとかもひと通りやられて……あのとき、記念に写真撮ったんですけどね、ああ、でもあれはそうだ、昔のスマホに入ってるんだ」

一度スマホに伸ばした手を、川名はサンドイッチに戻す。その拍子に、またレタスの欠片がこぼれる。今度こそ川名は気づいたが、彼は落ちた欠片を気にせずサンドイッチを口に運ぶ。「そのときは、どんな気分だった？」と私も構わず話の続きを促す。

「いや……気分も何も見せられたもんじゃないですよ。鏡見て気持ちわりぃなって思って、それだけですよ。後は何もない。ほら、よく、化粧の技術がどうとか、ウィッグで骨格をカモフラージュするとか聞きますけど、技術にも限界はありますよ。そもそも骨格が女性とは違いますからね、どうしたって男のゴツさが露見してしまうんですよ。むしろ、なんていうのかな、隠そうとすればするほどかえって悪目立ちするっていうか……ああいうのは、資質ですねー。持って生まれたもの。相当クオリティ高くないと、見苦しいですよ。さっき話した女にしか見えないようなクオリティの人の方が希少な気がするなあ。俺が実際出会えてないだけかもしれませんけど」

女装について淡々と意見を語る川名を尻目に、私は食べ終えた弁当箱のフタを閉める。聞いたくせに彼の話に途中から興味を失ったのは、彼が私が望むことを口にしなかったからかもしれない。私はおそらく川名にこう言って欲しかったのだ。「市村さんだったら、女装似合いそうですね」と。

「つまり総括すると、川名はクオリティが高いやつしか女装をする意味がないって言いたい？」

私はストッキングに包まれた脚を少し強引に組みかえながら尋ねた。

「いや、意味がないとまでは言いませんけど、結局はあんなの自己満足でしょう。完成度が高くないと自分を満足させられないし、ましてや、それが趣味になるまでにはいかないと思うんすよ。女装をしたときの自分が自分の目で見たときに女と同等、あるいは純粋な女以上にかわいくて綺麗で魅力的だから思うわけで、ただ男が女のようなものになりきったくらいでは、興奮しなくないですか？　まあ、それも各々の美意識の違いもあるんでしょうけど。でも自己愛ってみんなあるだろうから、そういうのが自分の女装姿にフィルターをかけちゃってるのかもしれないですね。ある意味、究極のナルシズムですよね。または男としてのコンプレックスの塊か」

「女装は、女のような男と、女より女らしい男に二極化するってこと？　どっちに転んでも男であることに変わりはないんだろうけど。でも川名、俺は、女性がメイクや髪型で大きく変化するように、女のような男から、そいつの努力次第では女より女らしい状態に近づくことも可能だと思うけどな――」

「まあ、そうかもしれませんね！　どっちにしろ、自分には理解できない世界ですけど……俺、女装って専門外なんですよね。他に専門があるってわけでもないですけど。女装子さんよりは、まだゲイの方が詳しいかもしれないです。……すみません、ちょっとタバコ吸いたいんで、お先ー」

川名はサンドイッチの包装をレジ袋の中に突っ込みながら去っていった。彼が去った後、私は思う存分、ストッキングをいじって適切な位置まで引き上げようとしたが、どんなに動かしても股ぐりの違和感と腿回りの窮屈さは拭えず、しかしふくらはぎの密着感はやはりたまらなく心地良い。私も屋上から降りようと立ち上がりかけたとき、スマホが震えた。愛未からのＬＩＮＥだ。

「今日、ＯＫだよ。私もいっちゃんに話があるの」

今朝、私が愛未に送った用件に対する返信だった。話があると言われ若干構えたが、

「了解」のスタンプを返す。足元に、川名がこぼしたレタスの欠片が落ちている。屈

んでつまみ上げ、空の弁当箱の中に入れる。屈むと、ストッキングの存在を強く感じた。

職場のビルの最寄り駅から二駅挟んだ駅の側のファーストフード店が、私が愛未と会うときによく利用する場所だった。定時で仕事を上がると、ロッカーで着替えを済ませてからトイレに行き、個室に入って一日中穿きつくしたストッキングを、伸びた爪を引っ掛けないよう慎重に脱ぐ。ずっと靴を履いていたので、汗で少し湿っている。脱いだストッキングに鼻を近づけるとうっすら臭う。洗濯もせずに返却したら、愛未はきっと怒るだろうが、家で洗濯するわけにもいかない。途中のコンビニで、たいしたご機嫌とりにもならないであろうが気休めに高級ブランドとのコラボチョコレートを愛未に、自分には缶コーヒーと眠気覚ましのガムを購入する。コーヒーを飲みながら電車を待ち、乗車するとすぐに、愛未に「いま乗った」とLINEを入れる。愛未から最後にきたLINEは、「仕事早く上がれたから、先にお店で待ってる」という文面だ。吊革に摑まったまましばらく画面を見ていたが、なかなか既読はつかない。いつものことだと自分に言い聞かせる。愛未はしょっちゅうスマホをいじっているにも拘わらず、私へのＬＩＮＥのレスポンスはおそろしく遅い。少し苛立ちを覚えながら顔を上げると、電車の広告が目に入った。新刊の自己啓発本の宣伝文句が印象的だ。「自由を穿く」という考え方——。どんな内容かと興味が湧いて概要を読む前に目的の駅に到着しドアが開く。持っていたガムとチョコレートが入ったコンビニのレジ袋を鞄に押し込み、仕事帰りのサラリーマンやＯＬに混ざって歩き出す。不自由さを捨てるという言葉は耳にしたことがあるが、自由を穿くとは聞いたことがない。自由が着脱可能な洋服みたいに表現されているのが可笑しかった。昨日、自分も自由を穿いたのだ。でも不思議なことにそれを穿いて自由になる感覚を得るのと同時に、穿いてこなかったこれまでの人生を少し不自由に思った。

昨日、愛未に言われるがまま女装をした後で、鏡台の前に座りこみ、自分の姿を数分間凝視していた。何度見ても自分の女装姿は新鮮で、鏡から目を逸らしたら、途端に目の前の女性も消えてしまいそうに感じた。

「ねえ、いつまで見てるの？」

愛未は鏡をのぞき込む私の膝の上に乗り、キスをせがんだ。愛未が舌を差し入れ胸を押しつけてくると何となく雰囲気に任せて腰を振ったが、珍しくあまり気分は乗らなかった。しかし愛未を抱く自分の姿が鏡に映ると、その違和感にしばらく夢中になる。鎖骨にかかる長い髪に、口紅の剝げかけた半開きの唇、耳元で揺れるイヤリングに、胸元に輝くネックレス、ストラップが片方外れたブラジャー、スカートから覗く足のラインに、愛未の背中にまわした細い指先――。

自分で自分を抱いているような錯覚を覚え、そのせいか愛未が私の下で少し演技がかったあえぎ声を漏らしても、興奮に身体をよじらせても、少ししらけるというか、本物の女よりも、女に変装した自分が乱れていく姿の方に興奮してしまうのが、馬鹿馬鹿しいというか情けないというか、なんだか変な気持ちだった。それでも愛未には悟られないように、いつも以上に時間をかけて丁寧に彼女を抱く。行為の後ですぐに眠りについた愛未の横で、私はすぐにストッキングを穿いた。少し冷えた足先を、繊細な温もりが包む。

「もう着るの?」

声がしたような気がしてハッとして振り返ると、愛未は目も口も少し半開きの状態でいびきまでかきながら眠っていた。もう一度、下から上へ、ストッキングの感触を足に馴染ませるように撫ぜる。まだ一度しか穿いていないストッキングが、既に自分の一部のように離れがたく密着する。

一〇代で童貞を捨てたとき、セックスの後で早々に服を身につけた私を見て、横で寝ていた彼女は非難するように「もう着るの？　ねえ、それはおかしいでしょ？　いくらなんでも早くない？」と声を荒らげた。私はそれが女性と寝る初めての経験だったから、自分の行動がおかしいのかどうかわからなかった。

「普通はね、こうして一緒にベッドに入って、腕枕《うでまくら》とかしながらしばらくは余韻に浸るものなの。ワンナイトとかどうとか、そんなこと関係ないのよ」

相手の女性は年上の、男なら誰とでもやるようないわゆるビッチな女で、それなりにセックスの後の余韻とか、雰囲気に浸るような姿勢は妙に純粋に思ったのだ。けれど、シャツも着、ジーンズや靴下までも丁寧に穿き、最後まで服を着るのをやめられなかった。私はずっと思うようにできなかった自分に歯がゆさを覚え、一刻も早くその場を立ち去りたいという思いから早々に服を着たのだとばかり思っていたが、今考えてみれば、何かを身に纏うことで安心を得たかったのかもしれない。

開脚し、ストッキングに包まれた太股からふくらはぎ、足首まで、指先をはしらせる。くすぐったいような快感があった。そんなことを繰り返しているうち、口を開けて眠る愛未のいびきが不意に止んだので、目が覚めたのかと慌てて上からスラックスを穿く。いびきはすぐに再開され、私はもう一度スラックスの上から、ストッキングに包まれた自分の脚を優しく撫でた。

愛未は私を待つ間いつも、学生時代腐るほど食べたフライドポテトの油臭さが染みついた店内に、胸焼けがしそうと不満をこぼし、できるだけカウンターから離れた席をキープしてコーヒーを啜《すす》っている。今日も彼女は出口付近の一番端の席をキープしているとばかり思っていたが、店内に入ってもいつもの席に彼女の姿はなく、代わりにいくつかのしきりを挟んだレジカウンターに近い席で膝を組んでテーブルに肘をつき、スマホを操作していた。客が店を出ていくたびに自動ドアが開いて冷気が中まで吹き込んでくるので、寒さを凌ぐためだろう。愛未は冷え性なので寒いのが苦手なのだ。そのわりに、職場での着用が義務づけられている制服のスカートは冬でも膝上の短い丈で、屈めばゆうに中が見えてしまいそうだった。あの短さを許されているのは、それだけ規則のゆるい職場なのか、それとも単に愛未だから見過ごされているのかわからない。ミニスカートは何も制服に限ったことではなく、プライベートでも彼女はあまりパンツを好まず、短い丈のスカートばかり穿いている。身長のわりに長く、細身で形のいい脚は、何度見ても飽きないが、綺麗だと感心すると同時に、あんなに脚を出して冷えないのだろうか、と余計な心配までしてしまう。しかし私は今日、ストッキングを穿いた女性が視界に入るたび、何度も制服を脱いでストッキングに包まれた脚を晒す自分の姿を想像しては落ち着かない気持ちになった。

愛未を観察しながら彼女のもとに歩いていく。

右足に左足をのせるように組んだ脚。全体は細いのに、交差したふくらはぎだけが、贅肉の重みを感じさせるように重なってやわらかく潰れている。

きゅっとくびれた足首は同じように細い彼女のウエストのくびれを想起させ、ハイヒールの爪先は他人に無関心な愛未の性格を表すように角度をつけてそっぽを向いている。自分がストッキングを穿く前はなぜあの薄くぺらぺらとした生地の中に、破れることなく女性の脚が収まっているのかが不思議だった。ストッキングの伸縮性よりも、女性の身体の柔軟性を妄信していたのかもしれない。ストッキングは、身体にぴたりと沿うようなサイズの小さい服を好まない私でも難なく穿きこなせた。密着はするのに、不快ではない。締め付けもあるが、心地よい。風を遮断し、守られているような温かさと同時に何も穿いていないような心許《こころもと》なさがある。もはや頭から、あれを穿いているときの感覚が抜けなかった。

「お待たせ。待った？　何飲んでるの？」

近づいて声をかけると、愛未は無言のまま頬を膨らませ、テーブルの下の脚を組み直す。私は気にせず彼女の向かいの席に鞄を置きコートを脱ぎ始める。「遅い……」と愛未がスマホをいじりながら軽く眉間《みけん》に皺《しわ》を寄せた。

「ごめん……怒ってる？」

腰を下ろしながら顔色を窺うが、愛未は素知らぬ顔でスマホをいじり続けている。すぐに演技だとわかる。愛未はこういう時間を楽しんでいるのだ。怒っていると見せかけて私が機嫌をとるのも、彼女にとっては想定内のはずだった。

「そういえば、これ。洗ってなくて、ごめん。お詫《わ》びに、チョコレート。時間なかったから、こんなもので申し訳ないけど」

ストッキングの入ったレジ袋と、コンビニで購入したチョコレートの包みを彼女に差し出す。愛未は私が仕事の間中ストッキングを着用していたことなど知りもせずにレジ袋を横に置き、店内でお構いなしに、チョコの包みを開き始めた。

「昨日は楽しかったね。でもストッキングなんてわざわざ返さなくて良かったのに。家にいくらでもあるし」

チョコレートを一粒口に含み、徐々に柔和な表情へと変化していく愛未の顔を正面からじっくり観察する。テーブルの上に肘をつき、手のひらに尖った顎をのせ、右に少し首を傾ける彼女の、大きくて少しつりあがった目、艶のあるぽってりとした肉厚な唇。かわいい、愛らしい顔だ。その顔を見ながら、私は愛未に対して訳もなくいじわるな考えが頭に浮かぶ。そういうことは、よくあった。昔付き合っていた男にしつこくつきまとわれるだとか、寝取った男の恋人の恨みを買うだとか、突然職場をクビになるだとか、何でも良かった。いつも、肝心なところで逃げるのが上手い彼女の苦しむ姿を一度でいいから目にしてみたい——。もちろん、本当に心からそんな状況を望んでいるわけではない。ただ、ふたりで外でデートをしているとひっきりなしに愛未に注がれる男性の目に触れるたび、給料をあげてもらえるという口実で三〇歳近く年の離れた上司と簡単にホテルに行ってしまう合理的で尻軽な一面を目にするたび、彼氏がいても既婚者である私との交際に全く罪悪感がない様子を感じるたびに、発作的に愛未が落ちていく姿を頭に思い浮かべてしまう。独占欲とか、嫉妬心とはどこか違った。もちろんそういった感情も少なからずあるが、それよりも私は、愛未が女であるが故の自由さとか、軽薄さとか、それに付随する特権みたいなものを乱用しているのが許せなかった。そして自分はそれを永遠に使えない、自分の姿を見て男が鼻の下を伸ばしたり、必要以上に褒められたり与えられたり認められたりはしない——。何かそういうわかりきったことに対する絶望感と、愛未の常に開き直ったような態度と図太い性格に、無性に腹が立った。たとえばこうして目の前にかわいい顔をした愛未がいて、それがかわいく見えれば見えるほど私は愛未を愛しく思うのと同時に、苛立ちを覚えるのを抑えきれない。

「ねえ、聞いてるの？　もしかしてハマっちゃった？」

愛未の声に我に返る。

「ごめん、何だっけ」

「女装よ女装」

愛未が恥ずかしげもなく声を張るので、私は周囲の目が気になって辺りを見渡した。

「ああ……」

私は言いよどむ。愛未は悪戯で私に女装をさせたに過ぎない。もしも男の自分がストッキングに夢中になり、鏡に映った自分を見て美しいとまで感じたと話したら、彼女はどんな反応を示すだろうか。

「もしかしてハマっちゃった？　じゃあまたやろうよ。今度はもっとちゃんと。綺麗にお化粧して、金髪のウィッグを被って。昨日のコスプレ用品もまだ家にあるし、私の洋服も、貸してあげるよ。着られれば、の話だけど。でもいっちゃん、肩幅も男性のわりに広くないし、痩せてるからいけると思うんだけどなぁ。ほら、ストッキング

もっとも読みやすく、美しい——

角田源氏、完結。

池澤夏樹＝個人編集 日本文学全集

『源氏物語』新訳 角田光代

完結巻 ついに発売！

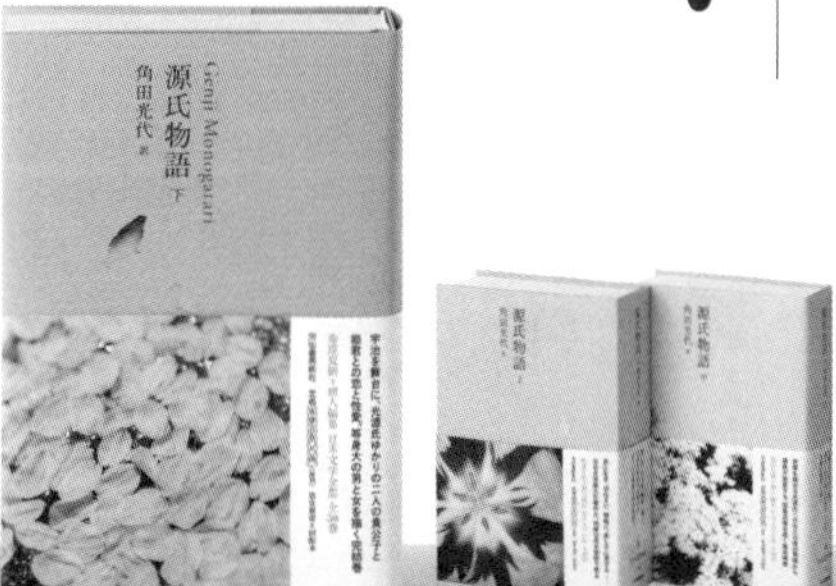

解説：池澤夏樹／解題：藤原克己

【月報】
（上）瀬戸内寂聴／大和和紀
（中）江國香織／馬場あき子
（下）辻原登／マイケル・エメリック　定価／各3,500円（税別）

「源氏物語」上・中・下
試し読み公開中!
特設ページはこちら▶
http://www.kawade.co.jp/genji/

河出書房新社 〒151-0051 東京都渋谷区千駄ヶ谷2-32-2
tel:03-3404-1201 http://www.kawade.co.jp/

笑いあり、しみじみあり
シルバー川柳　千客万来編

みやぎシルバーネット／河出書房新社編集部編

大好評シリーズ第十三弾！ 今回も六〇歳以上のリアル・シルバーの傑作川柳大集合。人気コーナー「九〇歳以上の川柳の部屋」も充実！

▼一〇〇〇円

「あの人」のこと

久世光彦

向田邦子、樹木希林、高倉健、美空ひばり……才人・久世光彦の全エッセイのなかから、愛した「ひと」にスポットをあてたエッセイを精選。

▼一七〇〇円

ブラッド・ロンダリング
警視庁捜査一課　殺人犯捜査二係

吉川英梨

ブラッド・ロンダリング――過去を消し去り、自らの出自を新しく作りかえる。警視庁捜査一課・真弓倫太郎が抱える秘密とは!?

▼一六〇〇円

ちょこっと、つまみ
おいしい文藝

伊丹十三／角田光代／島田雅彦他

文筆界の「左党」たちによるつまみエッセイを集めたアンソロジー。呑兵衛たちにはたまらない下戸にもグッとくる三十六篇を収録。

▼一六〇〇円

右向け〜っ、左!!

平坦ではない人生も〈亜土ちゃん〉の手にかかると、摩訶不思議！ 軽々と楽しは穿けたでしょ？　まあ、それは私の足が身長に比べてだいぶ大きいからなんだろうけど」

「……ほんとに？　ほんとにやってくれる？」

思わず、前のめりになって私は尋ねる。

愛未は三粒しかないチョコレートのうち、最後の一粒を口に運び終えたところだった。

「……めちゃくちゃ乗り気じゃん。いっちゃんがそんなにハマると思わなかった。女装姿でエッチすると、そんなに興奮する？」

愛未はにやにやしながら食べ終えたチョコの空き箱の中に、口紅のついたティッシュやお手拭きなどを乱暴に突っ込む。

「いや……俺は別に」

言い掛けて、私はすっかり冷めたコーヒーに口をつける。電車に乗る前にも缶コーヒーを買ったというのに、店のレジでも半ば反射的にコーヒーを注文していた。昼に弁当を食べても、この時間帯にはいつも腹が空いており、空きっ腹にコーヒーばかり大量に摂取しているため、少し気持ちが悪い。

愛未は私の「ハマった」の意味をはき違えている。私は女装姿での彼女とのセックスにハマったわけではない。むしろ私は愛未よりも女の恰好をした自分の姿に興奮を覚えたのだ。しかし彼女の勘違いは、私にとって都合が良かった。

「はっきり言って、すっごく興奮した。また愛未の手で変身させて」

私は先ほどまで愛未の黒いストッキングにくるまれていた自分の細い太股をスラックスの上から繰り返し愛撫《あいぶ》する。

「もちろん、今度はもっとかわいくしてあげる。……それでね、いっちゃん、今日は私も話があるんだけど」

話と言われ私は我に返る。ここからが本題だと言わんばかりに愛未がさらに身を乗り出してくる。

「昨日ストーカーとか言ってた男の話？」

「なんでわかるの？」

適当に言ったに過ぎないが、愛未は大きな目をさらに大きく見開く。

「いや、なんとなく……」

「愛未、本当に困ってるの。こんなこと相談できるの、いっちゃんしかいないんだから。知らないと思うけど、そいつ、今日、会社にまで押しかけてきたのよ。ちょうど、お昼時だったかなあ。私のこと呼ぶように、受付で言ったらしくて。何で会社知ってたんだろうって考えたら、前にご飯行ったとき、酔ってて会社の名刺渡しちゃったの。多分それで。……ねえ、どうしたらいいと思う？　あの男、本当にしつこいのよ」

「どうしたらって――」

愛未が一方的にまくし立てればまくし立てるほど、私はなぜか愛未の話に関心が持てなくなる。しかし自分には関係ないと突き放すことはできなかった。

「いっちゃんしか、いないの。頼りにできるひと」

テーブルの下で、愛未の細い脚が私の脚に絡む。解決策を催促するように、タイツ越しに柔らかいふくらはぎをしつこく擦りつけてくる。ハイヒールを脱いだ足先が、膝まで這《は》い上がってくる。うまく頭がまわらなかった。

「逆に、どうしたらいいの……？　俺にできることだったら、するけど」

今度は愛未が悩む番だった。私はゆっくりと彼女から視線を下へ落とし、コーヒーを啜る。

「とりあえずさ、そいつの連絡先教えるから、話つけてきてくれない？　私がもう金輪際会いたくないって言ってるって伝えて欲しいの。いっちゃんだったら、そういう話、冷静にできるでしょ？」

愛未に腕を摑んで揺らされると、ノーとは言えなかった。愛未はＬＩＮＥですぐさま「永井《ながい》」という男の連絡先を送ってきたが、彼女自身からは逼迫感《ひっぱくかん》というか切迫感というか、そういうものを全く感じない。むしろ、普段の愛未の行動を見ていれば、何か問題に巻き込まれない方が不思議だった。

コーヒーを飲み干した私は、少し気が楽になったのか目の前で熱心にスマホをいじり始めた愛未の顔を見ながら、早くまた昨日のような女装がしたいと、どうすればうまく彼女に伝えられるか、しばらくの間、ストッキングの名残がある自分の足を擦りながら気を揉んだ。

明かりの消えたリビングに、皿にかけられたサランラップの透明な膜が光って見える。

真っ暗な寝室の扉は、わずかに開いていた。典子は部屋の扉を完全に閉めるのを嫌がる。小さい頃、父親に叱《しか》られて数時間物置部屋に鍵をかけて閉じこめられた経験がトラウマになっているらしい。

昨日、帰りが遅かったので、怪しまれないように今日は早めに帰宅したのだが、典子はもう眠ってしまったのだろうか。廊下には彼女が乾燥を気にして風呂上がりにいつもつけているボディークリームの甘い香りが漂っている。

洗面所で手を洗い、鏡に映る自分を見つめる。さっきまでの私はどこへ行ってしまったんだろう。気持ちが高ぶっていたせいか、身体がまだ熱い。化粧の落としきれていない顔に、私は触れた。皮の薄い上瞼にはアイシャドウのラメが光沢を放ち、上瞼の睫の際にひいたアイライナーが下瞼に付着した痕が残ったまま。同系色のチークとリップをつけた頬と唇は、まだほんのり桃色だ。

愛未に昨日よりも念入りにメイクをしてもらったので、落ちにくさを考慮しても、もう少しきちんと抜かりなく落とすべきだった。電車の時間に間に合うように愛未の家を出たとはいえ、こんなにも詰めが甘くて、よく不倫などこれまでつづけてこられたと自分で自分に感心する。

洗面台の近くにあった典子のクレンジングシートを手に取り、額や鼻や頬を入念に拭う。途中で、ふと思い立ったようにスラックスのポケットに手を差し入れる。固い、小さな容器に指先が触れる。愛未の家を出る前、寝ている彼女の目を盗んでカーペットの上に落ちていた口紅を盗ってきたのだ。口紅だけではない。使い方もよくわからないままに適当に目に入ったメイク用品に、たたまずに投げられていた膨大な服の山から、忘年会の日に持ち帰ってきたウィッグに、愛未の所持品であるブラジャー、白いセーターに紺のミニスカート、それからストッキングもいくつか拝借して仕事用の鞄に無理矢理詰め込んだ。後から振り返ってみれば大胆な行動ではあったが、その瞬間は不思議と、躊躇はなかった。愛未は化粧品や服を腐るほど持っているが、片付けないので、いくつか持ち去ったところで気づかないだろうし、たとえ気づいてもまさか私が盗ったとは思わないはずだ。私は、自分はまだまだ自由を纏えるのだと確信し、そして子供のように無邪気にわくわくした。ストッキングを穿いたときに感じた自由に際限はなく、この先も求め続ければいくらでも自分の力で自由を手に入れるのは可能なのだという、新鮮な発見にも似た喜びだった。

私は口紅のキャップを開け、唇の輪郭に沿って丁寧に塗った。それを塗っただけで、顔全体が照らされたみたいに明るさを放つ。嬉しくなって、何度も色を重ねる。口角があがり、唇は立体的に膨らみ、重ねるたび色は変化し、鏡に映る私自身の表情も面白いように変化した。

何かが吹っ切れたように浴室に向かい、典子のシェーバーを拝借して、自分の腕や脚の毛を剃り落としていった。もともと体毛はそれほど濃い方ではないが、面白いようにすいすい毛が落ちていく様に、若干不安を覚える。しかし剃り終えた後の自分の脚は、どこに触っても思わず頬ずりしたいほどの滑らかさで、肌理《きめ》が細かい。毛を剃ることで毛穴が目立つのではないかという懸念もあったが、そんな心配も無用だった。色白なので、肌の血管が透けて見える。典子のボディークリームを塗ってみると、より滑らかになった。塗れば塗るほど滑らかになる気がして、気がつけば自分の脚はべたべたで、不自然な光沢を帯びている。ふくらはぎには筋肉もないが脂肪も同様にないので、引き締まっているというよりは脆弱《ぜいじゃく》な華奢さがある。女性らしい色気はないものの、平坦で非力な感じが、成熟した大人の女性の脚とは対を成すアダルトな匂いがして、それもまた女性らしかった。永遠に触れていられそうな心地良い質感とボディークリームの柔らかな匂いに、うっとりしながらバスルームを後にする。

リビングのテーブルには、典子の作った夕食が並んでいた。鯖の味噌煮に、ポテトサラダ、味噌汁、白飯。愛未の家に向かう前に買ったハンバーガーとポテトで若干胃袋は膨れていたが、満腹には程遠い。味噌汁のラップを外すと、表面の水滴がぽたぽたとこぼれる。

味噌汁と白飯をレンジで温め直す間、私は仕事用の鞄を広げ、愛未の自宅から盗ってきた服や化粧品を取り出した。

はやる気持ちを抑えられず、私はリビングでスーツを脱ぎ捨て、大胆にも下着や服を身につけていく。着替えの最中で電子レンジが鳴り、寝室で眠る典子が気にはなったが、動作を止めることはできなかった。

肌にぴたりと沿う細身のセーターには、愛未と同じように痩せ形の体型である私でも難なく収まったが、もとからそういうデザインなのか丈が短く、ハイウエストのパンツやスカートを合わせなければ、動作の際にヘソが見えてしまうほどだ。しかしこれも愛未の家から盗ってきたミニスカートを合わせれば、ウエストも締まって見え、かなりスタイルよく映る。

持ち帰ったメイク用品もすべてテーブルの上に投げ出し、工程のひとつひとつを、記憶を頼りに再現していく。髭の剃り跡の上に重ねたコンシーラーがムラになってしまったり、マスカラが瞼についてしまったりと、かなり手こずったが、仕上がりは自分の納得のいくものだった。頭に被せたウィッグの緩やかなウェーブで顔の輪郭を覆い、前髪を手櫛で整える。初めての化粧にしては、かなり上出来である。「完成」に近づくにつれ、昂《たか》ぶる気持ちを鎮めるようにリビングの掛け時計に目をやると、帰宅してから二時間が経っていた。時間が気になると、それまで夢中になりすぎて忘れていた空腹まで思い起こされる。電子レンジの中には、もうすっかり冷めきった味噌汁と白飯が入っている。もう一度温め直そうか、いや温め直したら米は硬くなってしまうだろうか、と思案しながら立ち上がる。

結局もう一度レンジにかけ、待っている間にスマホを手に取る。愛未に今日の女装のお礼を伝えようと思ったのだ。ちょうど彼女からのＬＩＮＥの通知が届いている。永井亮平《りょうへい》――。ファーストフード店で話していた男の名前と連絡先だった。後で返せばいいとスマホを放り、温まった味噌汁と白飯をテーブルに運び、遅い夕食にありつく。ふと顔を上げると、典子のドレッサーの鏡に、食事をする女性の姿が映っていた。鏡に気づき、身を乗り出してのぞき込みつつ前に落ちてきたウィッグの髪をそっと後ろへ流す――その仕草まで女性のような所作だなと思い、一度そう思うと、何か可笑しさを覚え、私は箸を止めて何度も鏡を見ながらそれらしい仕草やポーズをとってひっそりと笑った。

ファーストフード店を出た後、私たちは愛未の家に直行した。部屋に入り、店を出る前に購入したハンバーガーを平らげる私の横で、愛未は自分の持っている限りの女になれるアイテムをカーペットの上に並べた。

手始めにストッキングを穿き、愛未のブラジャーの上からセーターを被り、スカートを穿く。恰好が決まると、メイクに移った。愛未は昨日にも増して、私以上に楽しそうだった。目を閉じて鏡の前に腰掛け、愛未の手で様変わりしていく自分の顔を、まるで他人の顔のようにときおり薄く目を開けてはちらちらと観察する。私の顔、私の身体――。私の「素材」は女装をする上での化粧を、服を、十分に生かしきれているだろうか。私はそれ自体がもとの肌だと思わせるほど肌にぴたりと密着し、シミや傷跡をごく自然に補正するファンデーションを纏った自分の頬や顎に触れ、繊細な輝きを放つ瞼をそっと指の腹で撫で、ゆるやかな角度を保ちつつ上昇したコシのある長い睫の硬さに触れたとき、身体が震え、自分の中に確かな核ができた。

目尻にかけて徐々に太くなってゆくネイビーのライン。跳ね上げた線は力強く、一本一本が豊かに立ち上がった眉毛は、その下にある瞼を際立たせるように控えめに主張している。「まだ完成じゃないからね」と言いながら、愛末がつけ睫を取り出し、際に接着剤のようなものをつけてから、私の睫の付近にはりつけた。

阿呆のように口を半開きにして鏡の中の自分を見つめる私の唇に、愛末がグリッターの入った華やかな薄ピンクのグロスをさす。彼女の指示で上下の唇を擦り合わせると、グロスのねっとりとした粘性のあるテクスチャーが唾液と絡んだ。

「……どうかな?」

愛末の答えを待つ前に、私は自分から鏡の中を覗き込んでいる。

「かわいいよ。昨日よりも、クオリティ高くなってる」

笑いながら、私の膝に、愛未が尻をのせる。鏡から視線を逸らさずに、その弾力を摑む。放す。また摑む。二の腕に触れ、摑み、放し、また摑む。胸を揉み、そのやわらかさに指を沈める——。

実際、鏡に映る私は美しかった。それは男にしては綺麗、なのではなく、ちゃんと女として綺麗に見える。しかし、私の身体は愛未のそれのように女性的な質感も、シルエットも持ち合わせてはいない。そういう意味では、圧倒的に男だった。これは違う、ここも違う、全く別物——。そんな風に、愛未の身体に触れてそもそものつくりの違いを確かめては、静かに落胆した。鏡を見て、綺麗な自分に酔った分だけ落胆し、愛未を抱き、女に夢中になっている自分を演じることで、下がってしまった自分のテンションをなんとか引き上げようとする。

愛未は長いウィッグの髪を垂らしたままコンドームをつける私を見て笑った。

「何で笑うの？」

「何で？　だって笑えるでしょ。顔だけ見たら女の子とヤッてるみたいなのに、下はちゃんと男なんだもん。真面目な顔してやってるいっちゃんが可笑しいのよ」

その場のムードをぶち壊すように甲高い声で愛未が笑い転げている間、私はもう一度鏡を見て、乱れたウィッグを整えてから彼女の上に跨《また》がった。

馬鹿げていると思わないわけではなかった。何でこんなことやってんだろ、あほらし、きもちわる、馬鹿馬鹿しい。いい大人が。成人した男が。そんな風に、自分で自分を笑う冷静さみたいなものは、持ち合わせていた。それなのに、時間が経つと、また女装をしたくなる。また女の自分に会いたくなる。こんなことを真剣に思い、またストッキングを穿きたい、女装がしたいと切実に考えている時点で馬鹿げていて、しかし女物の洋服に身を包んだ自分を鏡に映し、女性らしい振舞いやポーズをしてみればしてみるほど、その馬鹿げた世界に長くいればいるほど、自分にとってその世界が、いつか馬鹿げたものではなくなる気がして、やめることができなかった。

年が明け、しばらくしてから、悩みに悩んで都内の女装クラブを訪れた理由は三つあった。一つは、女装の技術をさらに向上させる為、二つ目は、現時点で女装をした自分が世間的に見てどれほどのレベルなのかを知る為だった。自分ではかなりいい出来だと鏡を見て感じてはいても、他人から褒められることで確証を得たい。三つ目は、同じような女装をしている人間に、単純に興味があった。情報収集の目的も兼ねて交流を持ちたい、仲間が欲しいという思いが漠然と広がっていた。

週末は店内が混み合うという情報を事前にネットで把握していたため、月曜日に半休をとって、電車で三〇分ほどかけて都内のクラブまで足を運んだ。女装をしてお店に向かうか迷ったが、まだ始めて間もない自分のメイクの技術やファッションセンスに自信が持てず、普段仕事に行くときと変わらない素顔のままスーツ姿での入店を決めた。

夕方の六時過ぎにサラリーマンやOLで混み合う電車に乗り込み、スマホを開く。昨日から何度も目を通したHPをもう一度念入りにチェックする。店には衣装からメイク道具まで女装アイテムが一通り揃っており、女装をしなくとも、男女問わず気軽にお酒を呑みにくるお客も多い。スタッフはすべて女装をする男性を指す「男の娘」と表現されていた。HPの「気楽に」「誰でも」というワードをスクロールしては繰り返し眺め、気持ちを落ち着かせる。

自ら施したメイクで女に仕上がった自分の姿を思い浮かべる。年末に最後に女装をした日から今日まで、かなり自制した生活を送ってきた。仕事に行く前には我慢できずにストッキングを穿き、酔った勢いで通販で購入したブラジャーを身につけ、その上からシャツを着てスーツを羽織れば多少着膨れするものの何の問題もなく、最低限の女装を楽しんだ。

最寄り駅に着くと、何度か入ったことのあるインド料理屋でバターチキンカレーを食べ、ビールをジョッキで二杯呷り、心地よい緊張感を胸に女装クラブへと向かう。店には平日だけあって客はほとんどいなかった。店内奥のソファには常連客らしい派手な見た目の女装家数人がお酒を呑みながらスタッフとおぼしき人達と談笑をしている。私が入店した瞬間は会話がとぎれ、強い視線を感じたが、スタッフに案内されるがままカウンターに腰掛けると、また何事もなかったかのように会話が続行される。店内は思っていたよりも狭い空間で、鏡のついたメイク台が端の方に四、五席ほど、そのすぐ側にあるハンガーラックには様々なタイプの衣装がぶら下がっている。しきりもないのでかなり開放的だったが、決して嫌な気はしなかった。それどころか、風通しのよい店内で、店に入る前までの緊張が一気に解ける。

ロングヘアの「男の娘」から差し出されたメニューを見ながら料金体系などの説明を受ける。つぶらな瞳を縁取るように派手なつけ睫をつけてはいるが、線が細く、肌の白さや透明感、首の傾げ方や口元に添えられた指先など細かな所作まで女性以上に女性的だった。しかし化粧は比較的ナチュラルで、胸も盛ってはいない。完全に男を消していないので、女性に見えるというよりは「綺麗な男の子」という印象だった。名前を尋ねると、「ユキ」です、と口元を手で押さえながらはにかむ。キュートなルックスとは裏腹に、どこか捌《さば》けた話し方だった。

まだ初心者でメイクなどのやり方がわからないから教えてほしいと正直に打ち明けると、鏡の前まで案内され、化粧水、乳液、下地といった土台を段取り良く顔に施してくれる。

明るいライトのもと、近距離で顔を合わせ、初めて会ったばかりの人に化粧をしてもらうというだけで緊張した。どこを見たら良いかわからず、相手の化粧の技術を盗むつもりでユキさんの顔をちらちらと観察する。離れたところで見ていたときはわからなかったが、肌荒れを隠すためかかなり分厚くファンデーションが塗られ、ピンクがかった口紅は、唇のもとの輪郭よりも少しオーバー気味に描かれている。伏目になったとき、つけ睫の長さが際立って人形のようだと思わず見入ったが、彼女が上を向いた瞬間鼻毛が飛び出ているのに気づき、見てはいけないものを見てしまったように思い慌てて視線を逸らす。

「こうしてね、髭の剃り跡にチークを塗ると、青みが消えて綺麗に化粧がのるから」

豆知識をところどころ入れながら、慣れた手つきでメイクを進めていたかと思うと、ユキさんは不意に手を止め、まじまじと顔を覗き込んでくる。

「もとがいいから化粧が映えますね、うらやましい。睫なんか、つけまなんていらないくらい長いし。うちにもイケメンのスタッフがいるんだけど、化粧をするとやっぱりすごく美人なの」

ユキさんに持ち上げられて嬉しくなったが、アイメイクにさしかかったとき、瞬きしないでと尖った声で何度も注意を受ける。してはいけないとわかっていても、尖った先端が視界に入ってくると、反射的に目を閉じてしまうし、睫をビューラーで挟まれる際には若干瞼まで巻き込まれ、痛みで涙が出た。愛未はそこまで細かくしてくれたわけではなかったし、ネットで検索して見よう見まねでやってみたこともあったが、自分でうまくできない工程は省いた。それでも、それなりの顔になるので、満足はしていたのだ。これまでと違って一通り整えるとなるとかなりの時間と根気が要るものだと思わずため息がもれる。思うように化粧が顔にのらない歯がゆさに、微かな苛立ちを覚えた。

しかし、ようやくメイクを終え、茶髪ゆるふわロングのウィッグを被り、爪にネイルを施してもらい、自分に似合いそうな服を鏡の前で当ててみながらああでもない、こうでもないとスタッフと相談し、結局、自分で選んだのではなく、スタッフに選んでもらった服を上下身につけ、最初に座ったカウンター席に腰を下ろしたとき、驚くほど充足感があった。ピンク色のグラデーションに彩られた自分の爪の先を照明の下で照らし、思わず頬が緩む。二〇〇〇円で飲み放題だというので、普段は呑まない甘いカクテルを頼み、ユキさんにも一杯ご馳走し、二人で乾杯をした。

「今日はありがとうございました。すごく楽しかった。またきてもいいですか？」

「もちろん、いつでも。平日の方がこうして落ち着いて会話できるけど、週末は週末で色んなお客さんと交流できて楽しいですよ」

ふたりで話していると、奥で他のお客さんへの対応をしていたスタッフが話に入ってくる。ハルカさんという三〇代のスタッフは、胸元には膨らみがあり、顔立ちといい、デコルテや肩幅に脚までも、どこからどう見ても、女性にしか見えない。化粧が濃いだとかウィッグが合っていないだとかいうような、人工的な雰囲気もなく、声まで女性のようだった。

「ほんとに女の子じゃないんですか？　声だって女性そのものなのに」

驚いて尋ねると、声は少し高い声を意識して出しているだけで、そこまで変えていない、と目を細めて笑う。

「私なんかより、ユキちゃんの方がよっぽど女の子っぽいとこあるよ。私は女性に憧れてはいるけど、ちょっとずぼらなんだよねー。わかる？　よく女子同士が女子力とか言ってるじゃない？　まさにあれよ。見えないとこは結構男っぽいっていうか。パッと見女っぽくあればそれで満足しちゃうようなとこあるんだよねえ。その点ユキちゃんはこだわりとか強いじゃない。つけまとかさ」

ハルカさんの言葉に、ユキさんはあからさまに顔を赤くする。こういう店で働いているから人と話すのは苦手ではなさそうだが、自分に注目が向くとわかりやすく動揺する姿が何とも言えずチャーミングだ。

「え、ああ、うん。あ、女子力はそんなに高くないよ。高くないっていうか全然。こだわりはあるけど」

「こだわりって？」

思わず前のめりになって、私は尋ねた。純粋に、興味がある。「男の娘」たちの話を聞けば聞くほど、自分の中の女装意欲が掻《か》き立てられ、会話に混ざっているというだけで、ハルカさんの言うところの「女子力」が高まっていきそうだった。

「うんとね、一番は、つけまかな。つけまが決まらないと一日中テンション低くなっちゃうもん。私地睫短いからさ、睫に育毛剤毎日塗ってるんだけど全然効果なくて……。毎日つけまに助けてもらってます」

「あー、確かにそうだね！　だってそういえばこの子、この前欠勤したんだけどさ、その理由がなんだと思う……？　つけまがうまく装着できないからって理由。びっくりじゃない？」

笑いながら話すハルカさんの肩を、ユキさんが軽く叩く。

「つけまは命なんです。……あ、でも今は、もうひとつ努力していることがあって――」

「えー、何ですか、教えて下さい」

「ショッカクってわかります……？　虫のじゃないですよ。ほら、よくアイドルグループとかで、一様に前髪のサイドの、顔周りに髪を垂らしてるじゃないですか。あれのこと。あの子達は小顔効果を狙ってるみたいだけど、私とかはもうハチ周りって言うか、頭の形とか輪郭ってやっぱり男っぽさが出やすいから、そこをなんとか隠して女性らしいフォルムに近づけていく骨格補正的な役割で伸ばしてるんです、頑張って。今まではね、ウィッグでなんとかしようって思ってたんだけど、やっぱり地毛がいいなあと思って。今はまだ耳上くらいだからこうしてウィッグ被ってるけど、伸びたらとってもいいかなって。全然違うんですよ、ショッカクがあると」

どこまでも健気《けなげ》なユキさんの言葉を受けて、「私もショッカク作ります！」と思わず宣言する。

「じゃあ、どっちが早く伸びるか競争ね。かわいいショッカク、頑張って作ろ」

私は頷き、未来のショッカクを夢見てウィッグの毛をつまむ。

「ねえねえ、お客さんはさ、どうして女装始めたの？」

ハルカさんが、別のお客さんのドリンクを作りながら私に話を振ってくる。

恋人から無理矢理させられたのがきっかけと話すと、「じゃあナツさんと似てるね」とそこにいないスタッフの話を二人がはじめる。私が首を傾げると、ハルカさんがコースターの上にドリンクを注いだグラスを置いてからにこやかに振り返る。

「ナツさんってうちのスタッフなんだけど、彼女の浮気が原因で女装始めたの。彼女よりも綺麗になって見返してやるんだって意気込みがきっかけなんだって。今ではそんなことどうでもよくなって、すっかり女装にハマっちゃってるけど」

「見返すって――」

私は思わず苦笑する。心境の変化、というほどではないが、私は以前に比べて愛未への執着が薄れているような気がしていた。それが肉体への執着なのか、あるいは心のつながりを希薄に感じるようになったのかはよくわからない。

愛未の部屋で女装をしてセックスをしたとき、私はその馬鹿げた状況を笑う冷静さをまだ持ち合わせていた。いま、私は私の世界を笑うことができない。女装をしている自分を、気持ち悪い、と一蹴することができない。あのとき声を上げて高笑いしていた愛未に同調して笑うことは、たとえ嘘でも、もうできそうになかった。

二杯目のカクテルを啜る。グラスに添えられた爪の先が何度見ても眩しく美しい。私はこの瞬間はきっと誰よりも美しいんだ、輝いているはずだと思いながらゆっくりと手首を上に持ち上げ、それから、今度こそ今の自分の姿で外に出てみようと決意を固めた。

永井は背の高い男だった。以前呑み屋で見かけたときには自分とそう変わらない背丈のように感じたが、横に並んだとき、私がかなり目線を上げて、ようやく視線がかみ合うのだ。

彼はひどく酔っていて、急に視界に入った私に、一瞬怪訝な目を向けた。半年以上前に一度、それもほんの数時間、酔って酒を一緒に呑んだだけの自分を永井が覚えているとは考えにくい。であれば、男であることがバレたのだろうか。私は俄に焦ったが、少し強引に永井との距離を詰めながら言った。「良かったらご一緒してもいいですかぁ？　相方が途中で帰っちゃったのでひとりで呑んでたんですけどつまらなくって……」

女性らしい声を意識して出してはみるものの、それが他人にどう聞こえているのかいまいちわからない。ただ永井の反応をみる限り、自分の声に違和感はないのだろうと思った。

「……え？　ああ、お姉さん、かわいいっすねえ。かわいいっす、めちゃくちゃ。いやね、さっき隣にきた女に声かけたんすけど、めちゃくちゃブスで……。こんなこと言ったら失礼か。まあでもほんとのことなんですよ。いや、酔ってるからみんなかわいく見えるとかじゃあ、ないですよ。マジで。ほんまにかわいいです。ドストライクです」

私は酔っ払っているように見えて目だけはしらふな永井に、少し警戒心を覚える。男だとバレていて、あえて面白がって会話を転がしている可能性はないだろうか。

永井は週末になると必ずこの行きつけの呑み屋に一人で顔を出していた。とにかく酒癖が悪く、酒が入ると近くの女に絡む。その絡み方もたちの悪いもので、相手にされないと逆上してしばらくはしつこく追いかけまわすのである。一度だけ職場の同僚らしき女性とともに入店していくところを見かけたが、どうも恋愛関係にあるようには見えなかった。

　つい昨日までは、仕事帰りの男の姿で偶然を装って永井に近づき、愛未の話を切り出そうと考えていた。しかし、仕事を終えて駅に向かう途中で、男のまま永井と顔を合わせるのに、強い抵抗を覚えた。

　私は以前訪れた女装クラブに立ち寄り、女性物の服に着替え、顔に化粧を施した。女装をしてようやく、さっきまで自分の手が震えていたのに気づく。

　――もう怖くない。

　鏡の前でウィッグを整えながら自分に言い聞かせる。私は女として堂々と彼の前に立ち、意味ありげな視線を送り続けるだけでいいのだ。しかしそうすることにどんな意味があるのだろう。私が女として近づいても愛未を守ることはできない。たとえ愛未の友人と偽って彼に話しかけたとしても、果たして女から受けた忠告を永井がまともに聞くとも思えない。愛未は私が男であるからこそ頼ってきたのではなかったか、必要としたのではないだろうか。

　悶々と考えつつ、それでも足は止まらなかった。それどころか、立ち呑み屋の入口から入ってすぐのテーブルで酒を呑む永井の姿を認めたとき、私は口元に笑みさえ浮かべていたのだ。緊張と同じくらい興奮があった。なぜならそれが女として男の前に立つ初めての機会だったからである。

「綺麗な手だなぁ」

隣のテーブルにいた客がグラスを倒し、私が余所見《よそみ》をした直後に、平静を装って永井が私の手に触れ、その瞬間、彼への警戒は一気に解けた。完全に女だと思われていると悟ったからだ。永井の指先は少しべとついていて、彼は慣れた手つきで、「俺、手相見れるんだよ。見てあげようか」と笑いながら言い、酒臭い息を私のウィッグに吹きかけてきた。

「うん、見てみて」バレていないという喜びから、調子に乗って作り物の胸をテーブルの上に突き出しながら私はハシャぐ。

永井が私の生命線をなぞりながら、何か言っている。どこかで聞いたような浅い知識ばかりだ。いったいその程度で手相の何を見られるというのだろう。私は人目も憚らずベタベタと手に触れてくる永井に、不快感を覚え始める。

「ねえ、何かもっと呑めば。奢るよ。遠慮しないで」

永井の言葉に、私はメニューに視線を流し、目についたドリンクを指差した。今日の目的は酔っ払った阿呆な男を誘惑することではない。問題は、どのタイミングで愛未の話を切り出すかだ。

しかし、注文した酒を呑み、また注文し、呑み――と繰り返すうちにはすっかり酔いがまわっていた。

「ちょっとトイレ……」と永井に断って、少しふらつきながらその場を離れる。男性トイレに入ろうとして、後ろから女性客の声が聞こえ、瞬時のところで引き返し、レディースの扉をノックする。応答はない。私はゆっくりとドアを開け、大丈夫、私は今この瞬間は確かに女なのだから、と自分に言い聞かせながら用を足し、鏡に映る女の顔とアンマッチな自分の性器に目をやる。半分男で、半分女。しかし半分といってもその境界は何とも曖昧。胡乱《うろん》な瞳に、上気した頬、小さな顎に、口紅の少し剝げた、半開きの唇。手入れの行き届いた白く細い指先。私は自分の頬に触れ、指先を擦り付けた。愛おしい存在。初めて見たときは存在すら危うかったものが、徐々に徐々に確立され、目の前に存在している。私は目の前の女性に、以前よりも親しみを感じる。動き、笑い、同調し、反発し、顔色を窺い、取り繕う――。様々に変化する彼女に、自分でも知りえない顔を持つ彼女に、強い親近感が湧く。彼女に愛情を感じ、しかしその愛情というのも実に曖昧なものだ。自己愛からくる愛情なのか、はたまた男である自分が女のなりをしている、単純にその歪《いびつ》さが興奮につながり、愛情へと向かうのか――。いずれにしろ、私は自身の男という性を媒介して、女性性に触れているのは確かだった。男という基盤の上に女という性が乗っかる。そのため、男という土台がきしめば、その上にある女性性は確実に揺らいでしまう。

　永井に話しかけられ、彼が私の手に触れたとき、優越感のようなものを覚えたのは、ほんの一瞬だった。私はまだ、本質的には男性で、男性である自分が、女性である自分をコントロールしているという感覚が抜けなかった。だから、「かわいい」と褒められて嬉しいとは感じても、「気持ちいい」とは感じないのである。自分の内側の女性性をコントロールしている私も、女を口説きセクハラまがいのことをする永井も、実際にはほとんど大差ないのだろう。

　便座に腰掛けてしばらく酔いを醒《さ》ましてからトイレを出た。永井が私に気づいた途端、それまでの気だるげな表情から一変して満面の笑みでこちらに向かって手を振ってくる。私も笑顔で応じる。

「遅かったね。大丈夫？　気分悪くなってない？　これ、呑みな」

　立ち呑みバーだが、簡易的な椅子は隅の方にふたつほどある。永井はそのうちのひとつを引きずってきて、私の為に紳士的に椅子をひき、色の感じからして、ウーロン茶だろうか、飲み物をすすめてきた。私は礼を言ってグラスに口をつける。こんなに早いペースで呑んだのは、実際、久しぶりだった。もともと酒はそこまで強い方ではないのに、永井のペースに合わせて呑んだため、大分酔いがまわっている。

「ねえ……」

永井が不意に私の肩を抱く。身体がだるかった。私が抵抗しないのがわかると、もう一方の手でストッキングに包まれた太股に手をのせてきた。手で振り払おうとするが、空ぶりする。なぜか、思うように力が入らなかった。

顔を上げると、うまく焦点が合わない。永井の顔がぼやけて見える。彼の顔と周囲の景色との境目が曖昧になった瞬間、永井の下卑た笑みが視界をよぎった。


気がつけば、私の身体は真っ白なシーツの上にあった。暗がりの中、見覚えのない景色に、ここはどこだろうと思うより早く、自分はいまどちらの姿だろうか、と自身の外見に意識が傾く。身体を起こそうとするが、うまく力が入らない。手を伸ばして枕元のスイッチを適当に操作するうち、室内が明るくなる。クリスマスイブに愛未を連れて入ったラブホテルの部屋につくりがそっくりだった。ベッドサイドの鏡に、自分の姿を映す。セックスのとき、裸で絡み合う自分達の姿を鏡越しにとらえながらいつもとは違う新鮮な空間で興奮が増幅されたことを、昨日のことのように思い出す。鏡の中には、よく知っているようで知らない、自分のようで他人のように見える私がいた。皮脂でファンデーションは少し剝げ、剃り跡の毛穴が目立つ。瞼の下はマスカラだろうか、うっすらと黒く滲んでおり、唇の縦皺にはまだらに口紅の色が残っている。肩で大きく息をする姿や、意識しなければ自然と広がってしまう無防備な股にはそこはかとなく男を感じるが、地毛そのもののように輪郭に沿って垂れるウィッグの毛先といい、Fカップの胸、スカートの上からでもわかるふくよかな尻の形、そこから続く柔らかな曲線、下に向かうにつれ細くなっていく長い脚は間違いなく女のものだった。

「起きた?」

浴室から男の声がし、私は我に返る。自分の置かれている状況を把握するのに、そう時間はかからなかった。同時に、信じ難く、事態を容易に受け止められない。

「酔っ払っちゃってたみたいだからさ、ちょっと休憩した方がいいんじゃないかと思って——。大丈夫?」

下半身にバスタオルを巻きつけた永井が顔を赤くして近づいてきたとき、私が考えたのは、どうすれば女のまま、女の状態でこの場からうまく立ち去れるかという一点に尽きた。しかしそうすることが当然であるかのように身体を押し倒され性器を擦りつけられたとき、私はようやく混濁する意識の中で、反射的に永井の身体を足で蹴り上げた。

「なにすんだよっ!!　おまえから誘ってきたんだろうが!!!」

永井はそれまでと態度を一変させて声を荒らげた。

私は肩で大きく息をしながら、蹴られてもなお、強引に跨ってくる男の首を摑み、強く締め付けた。永井はそこでようやく驚いた顔をして「おまえ……まさ」と苦し紛れに言葉を吐く。その驚いた顔が癪《しゃく》で、苛立ちを覚え、両手に力を込める。慣れないことをしているせいか、身体が小刻みに震える。

手の中で徐々に萎縮《いしゅく》していく男の首と、血の気を失った永井の顔を交互に見ながら、妙に冷静に、このままだと、自分はこの男を殺してしまうと思った。それなのに、力を緩められない。永井が、私の手に自分の手を重ね、上から爪を突き立てた。瞬間、呑み屋で酔った永井が「かわいい」と声を掛けてきたのを思い出す。あのとき、私はやはりどこか嬉しかったのだろうか。心臓の鼓動が激しく、ストッキングの奥で形を変えてゆく自分の性器を情けなく思う。楽器のようにふたつの性が肉体を奏でている。どちらかの性に引き寄せられるように肉体が鳴り、唸《うな》り、何かを求め、何かに抗《あらが》おうとし、何かを取り込もうと交差する――。

室内の、壁にはりめぐらされた鏡に映る自分達の姿に目が留まる。数多《あまた》の女がいる中で、偶然ホテルに連れ込んだ女が、実は女装した男だった、目の前の男の不運を嘲《あざ》笑《わら》うことで、私はだんだんこの状況が馬鹿げているのに気づき始める。

気づけば、永井の首は私の手の中になかった。私が放したのが先か、永井が逃れたのが先かわからない。彼は私の足元に倒れた状態で激しい咳を繰り返し、引きつった表情で後ずさりしながら掠《かす》れた声で怒鳴った。

「警察に言ってやる……！　ここでされたこと全部話してやる。殺されそうになったってな……」

言い返そうとするが、うまく言葉が出てこない。たたみ掛けるように永井が続ける。

「おまえ、おまえやばい奴か……女の恰好なんかして。なんなんだよ、男だってわかってたらホテルなんかに連れ込まなかったのに――。騙《だま》しやがって……気持ちわりい」

永井は私が愛末の知り合いだと告げると一瞬表情を変えたが、気味の悪いものを見るような目つきは変わらない。ようやく冷静さを取り戻し、先ほどの呑み屋で自分の飲み物に何を入れたのか追及すると、永井は途端に怯《おび》えた表情を浮かべた。彼を責めながら、私は同時に怖くなる。永井が怖いのではない。自分が怖かった。

彼が去った後で、私はその場にへたり込み、呼吸を整えた。永井の首を絞めている間、ほとんど無意識のうちに自分も息を止めていたのだ。やがて落ち着くと、ホテルの洗面台に立ちアメニティとして用意されていたクレンジングで化粧を落とす。服も着替えた。ストッキングだけは脱がなかった。

永井が言い捨てた「気持ちわりぃ」のひと言が、胸に引っかかったままとれない。私は、この状況を笑おうとした。初めて女装をして愛未とセックスしたときのように、馬鹿げた現実を必死に笑おうとする。口を開けると、笑い声の代わりに乾いた咳が漏れた。

永井との一件以来、自分でもしばらく時が経てばやめるだろうと思っていた女装に、私はいっそう深く埋没していった。

女装への没入と並行して、愛未との関係が希薄になっていることに気づいても、関係の修復にはつとめなかった。私はただ、女装に夢中だったのだ。時間が空けば愛未と会っていた時間を、女性へのチェンジに割くようになった。

女装アイテムがどんどん増えていき、最初は自分の机の引き出しに鍵をかけてしまっていたものが収まりきらなくなり、自宅近くのトランクルーム兼メイクルームの契約を検討した。以前女装クラブに行った際に、スタッフから、都内に数箇所あるトランクルームの貸し出しを行っていると説明を受けたのを思い出し、すぐに電話をかける。数日後には、典子が家にいない時間を見計らって、荷物を移動させた。

冷や冷やしたのはリビングに誤ってグロスを落としてしまい、仕事から帰ってきた典子に見つかったときだった。

「ねえ、これどうしたの？」

「……知らない。典子のじゃないのか？」

「私はグロスなんてつけないもん。あなたがどこかから持ち帰ってきちゃったんじゃないの？」

愛未との関係が始まってからおよそ一年間、一度として不倫の痕跡を家に持ち帰ったことはなかった。何の根拠もないのに、典子にはバレないという自信があったのだ。それが女装をはじめてから、隠さなければいけない、決して見つかってはいけないと焦る気持ちがかえって裏目に出てしまい、稚拙な失敗を重ねた。愛未との浮気が発覚するよりも、自分の女装趣味がバレてしまう方が、なぜだか私には恐ろしかった。典子の帰宅予定時間の三〇分以上前にはいつもすべてのメイク、洋服を取り去り、完全な男性へと戻っているように心がけていても、女装に夢中になるあまり時間をオーバーしてしまい、帰宅した彼女に見つかる寸前だったこともあったほどだ。

最も焦ったのは、私が休みで典子が仕事のある日、メイクも服も完璧に仕上げ、女装姿で鏡の前で上機嫌にポーズをとっている最中に、彼女から電話が入ったときだった。あまりにびっくりして、電話に出た声が自分でもわかるほど明らかに上ずった。

「今日半休とったの。いま帰る途中だけど何か欲しいものある？」

頭が真っ白になり、そこだけ記憶が抜け落ちたように、何と答えたのか覚えていない。

電話を切った数分後にはチャイムが鳴った。私はその間クレンジングシートをひっつかんで自室に舞い戻り、スカートを脱ぎ、ストッキングを脱ぎ、ブラウスを脱ぎ、アクセサリーを外していた。丁寧に時間をかけて身につけたアイテムをこんなにも投げやりに脱ぎ捨てたことはこれまでない。ただ慌てて気が動転し、クレンジングシートで顔を乱暴に擦りながら、もう少し待って、私を探さないで、と夢中で祈った。

典子が部屋に入ってきたのは、私が服を脱ぎ、化粧を取り終えたその直後だった。ノックの音がしたときには脱いだ衣服はまだ足元に転がっており、私はそれを蹴って机の下に押しやりながら「はい」と平静を装って声を出した。額から出た汗がこめかみをつたって流れる。

「どうしたの、どこかに出かけるの？」

私はそのとき初めて自分の恰好を意識した。下はジーンズを穿いていたが、上は何も着ていない。側に転がっていたシャツを手に取り、「そうなんだ。ちょっとコンビニに行こうと思って」と慌てて取り繕う。

「何を？　言ってくれれば、帰りに買ってきたのに」

「ああ、ごめん、そうだね、そうか——。やっぱり、行くのやめるよ。そんなに必要なものでもないから」

典子は不思議そうに、少し可笑しそうに私を見て微笑んだ。

彼女が出て行くと、私は慌ててシャツを身につけ、鏡を見ながら化粧の取り残しを念入りに拭い、一息ついた。ようやく気持ちが落ち着き、典子の様子を窺いにリビングへ向かう。

「ねえ、今から久しぶりに二人で呑まない？　急に呑みたくなって、帰りに色々買ってきたの」

ビールの缶を冷蔵庫から取り出しながら、典子が声を弾ませる。いつもよりも、上機嫌に思えた。

「いいね、一緒に呑もう」

典子から缶ビールとグラスを受け取り、リビングのソファに腰掛ける。私がグラスにビールを注いでいると、自分のグラスを持った典子が近づいてきて、私の隣に腰を下ろした。

「かんぱーい」

驚いて、反射的に身を硬くしてしまう。典子のグラスが私のグラスにあたり、軽快な音を立てる。いつもは何か話があるときでも、私がソファに座っていれば、彼女は食卓にある椅子に座って話しかけてくることがほとんどだ。少し構えながらもビールを呑み続けるうちに、典子は仕事の取引先に少し風変わりな人がいるのだと話し始めたかと思うと、今度は急に上司に対する愚痴へ移行し、だんだん支離滅裂な話になっていった。

「久しぶりに呑むから、酔ったんじゃない？」

うっすら頬が赤らんでいたのでそう指摘すると、そんなことないよ、と笑いながら私の腕を叩く。テレビでも見ようと私が電源ボタンを押し、夕方の報道番組が流れ始める。典子は急に何も喋らなくなった。私が空になったグラスにビールを注ごうと少し前のめりになりかけた瞬間、右肩に柔らかな重みを感じる。典子が、私の肩に自分の頭をのせていた。少し甘えるみたいに、頭をこすり付けてくる。私はさらに驚く。

これまで、典子の方から私に甘えてきたことなど、ただの一度もなかった。右膝の上に添えられる、典子の細く白い手。うまく頭がまわらず、ただその小さな手に自分の手をのせ、包む。懸命に握りしめる。そのまま、とても長い時間が経過した気がした。右肩の重みが大きくなり、そっと典子の顔を覗き込む。彼女は目を固く閉じ、眠っているように見えた。ゆっくりと上体の向きを変え、典子の両肩に手を置き、そのまま静かに彼女の身体をソファに横たえる。冷蔵庫からもう一本缶ビールをとって戻ると、典子の閉じた瞼から頰の下まで、涙の線が伸びていた。

そんなことがあってからも、休日は、典子が仕事に出かけている時間を見計らって、とりつかれたように自宅でファッションショーとメイクにいそしみ、鏡の前で何時間も自分の女装した姿を見つめ、最も自分が美しく見える角度を研究した。これまでなぜか一度もしたことのなかった自撮りにも挑戦する。写真の加工アプリを使えば、男らしい顔の輪郭も難なく補正でき、肌は白く、目は大きく、鼻は小さく、唇は立体的に、女性らしい頰の膨らみも演出できた。達成感というのは、自分ひとりで感じるのには限界がある。いずれは客観的評価を必要とし、テストの答え合わせをするみたいに、自分の評価と照合して、正解の数だけ胸を躍らせ、間違いがあれば努力で補いたいと思うものだ。自分の撮影した女装写真や、女装した実際の姿を、身近な他人に見てもらいたいと考えるようになるのは、だから当然のことだった。

　私は、もともと持っていたツイッターのアカウントとは別に、新たに女装専用のアカウントを作り、そこに自撮りした画像をのせるようになった。最初は自己満足のつもりで。そのうち反応があると嬉しくなって一日のうちに何度もアップした。しかし、女装者ではなく、女装者に全く興味のない連中から「キモい」だの「女にあこがれてるの？w」といった中傷的な書き込みがあると、一気に気持ちが萎《な》えてしまい、しばらく投稿を控えるようになった。

　女装クラブには初めて訪れた日以来、何度か足を運んではいて、そこが唯一安心して女装姿を晒せる場所だった。しかし、店に居合わせた常連客や観光客から受ける賛辞は「元気？」という挨拶のようなもので、どこか馴れ合いとなった褒め言葉に、最初の頃に感じた新鮮さはもうない。

　最近では、女装姿での活動範囲をもっと広げようかと考えているが、実行に移すにはなかなか勇気が要った。幸い、女装者の集まらないごく普通の街中で、女装姿を見られるのには免疫がある。薄暗い呑み屋の中とはいえ、女装姿で大勢の人々の目にさらされ、永井にいたっては、酔っていたとはいえ私を本物の女と間違えた。手始めに、自分の学生時代の友人に会ってみようかと、女装姿を見たときの彼らの反応を想像してみたが、どうにもバツが悪い。彼らは私の行為を馬鹿にこそしない代わりに、本気で取り合うこともしないだろう。私は女装姿を他人に見せるのと同時に、女装をしている自分を心から理解してほしいと考えていた。しかし、気心の知れた学生時代の仲間は、気心が知れているからこそ、「変わってしまった」私への理解には及ばないのではないか。彼らとは、結婚してからはその頻度こそ少なくなったものの、今でも年に一、二回呑み会で顔を合わせれば、学生のときと変わらず盛り上がる。しかし一〇代の頃からいくら年月を経ても、当時の、ふざけていることこそが正義で、女や仕事の話に触れるときは、それが不道徳であればあるほど恰好よく、真剣な話をいかにして面白く滑稽《こっけい》な話へと転化させていくかで、グループ内での実力を問うというような偏った幼児性から脱皮できないままだった。

典子との婚約を周囲に打ち明けたとき、早々に家庭に収まって安定を手に入れた私は、まだ二〇代前半の、女遊びにふけっていた友人達の言葉で言えば「ダサかった」のかもしれない。徐々に呑み会に誘われなくなり、久しぶりに自分からＬＩＮＥで彼らを誘い、呑みの席で愛未との関係を打ち明けた。すると、彼らはまた学生時代に戻ったように、私を貶《おとし》めることでもてはやし始めた。私としては、いかにその不倫が高潔なものであるかを、自己保身の為にも彼らに話して聞かせようと思ったに過ぎない。

しかし不倫の事実を知った彼らは、私のことを「プレイボーイ」だの「遊び人」だのと口々に揶揄《やゆ》し、面白がった。愛未の写真を見せろと言われ、その瞬間は私も持ち上げられているようでなんだかいい気分だったので、すぐさま彼女とホテルで撮影した写真を見せれば、「いい女だな」「こんな女が抱けるなんてうらやましいよ」と下卑た賛辞を獲得し、私も自然、頰が緩んでしまう。それからは、愛未以外の女とも関係を持ったと自ら嘯《うそぶ》き、稚拙な関係性の輪の中のみにおいて、自らの尊厳を確立することに力を入れた。

女装姿で澤野さんと会うのを決めたのは、自分の身近な人間に女装姿を見せ、受け容れられたいという私の願望からは少し逸れた心情だった。

私は女の恰好をし、女として純粋に彼の隣を歩きたいと思った。

待ち合わせ場所の大衆居酒屋で、私の方が先に到着していたにも拘わらず、澤野さんは私に気づかなかった。

数分間、別々の席でビールを呑み、テーブルを見渡して澤野さんの存在に気づいた私が近づいて声をかけても、彼は面白がるわけでも気味悪がるわけでもなく、ただ不思議そうな顔で私を見つめた。

「澤野さん、俺です」

私は口元に笑みを浮かべ、顔の前に落ちてきた長いウィッグの髪を手で撫でつけながら席につく。

「驚いたなあ……。いや、ほんとに……。市村なのか？」

同じ質問を繰り返す澤野さんに、私はグロスののった唇を舐める。今日のコーディネートは、カジュアルなアイボリーのタートルネックに上品なフレアスカート、寒いのを我慢して相変わらずストッキングにショートブーツを合わせている。首元には、華奢なネックレス、耳にはイヤリング、そして茶髪のセミロングのウィッグ。アクセサリーは、ネット通販での購入とは別に、デパートに行き、女性物のジュエリーが並ぶ店を物色し手に入れたものだ。女装姿ではなくとも、パートナーへのプレゼントとしての購入を装えば、何も怪しまれず、抵抗も感じない。服も最初のうちこそ通販で購入していたが、サイズが合わなかったり実際に届いたものがイメージと違ったりと無駄な買い物も多かったので、女装姿で実際にお店に足を運び、試着までしてから購入を検討することが多くなった。一度だけ、店員の女性にまじまじと全身を眺められたときには、あまりに不躾《ぶしつけ》な視線に気後れし、店を出ようかとも思ったが、「スカート、よくお似合いですよ」などとおだてられ、すぐさまレジに持っていった。そのスカートを穿いて街で初めてナンパをされたときには、喜びよりも可笑しさよりも戸惑いが大きく、同時に永井にホテルに連れ込まれた出来事を思い出し、苦虫を噛んだような気分に陥った。澤野さんにはあらかじめ趣味で女装をしていると伝えており、女装姿で会うことへの了承を得ていたのだが、これほど驚かれるとは思わなかった。しかし驚いて私を見る澤野さんの目には、女装への軽蔑《けいべつ》も批判も滲んでいない。ただ、「男」の面影のない、女装の完成度の高さに、ひたすら感心しているようだった。

「私……です」

私は澤野さんの目をまっすぐに見て言った。なぜ、もっと早く女装を始めなかったのだろう。もっと早くに女装に目覚め、彼に女としての自分を見てほしかった。それが、女装をする前から無意識に感じていたのか、始めてから喚起された欲求なのかはわからない。しかし、いま足下の床に幅の狭いヒールの踵《かかと》を突き立てながら、彼がいつ、私に「かわいい」と言ってくれるか、その言葉だけを待ち続けている。

女装の話題を避けるように近況報告など他愛もない話で酒が進み、しばらくすると場所を変えて呑もうと澤野さんから言い出した。私は彼が女装姿の自分を連れて街を歩くのに抵抗を感じていないのだと知り、嬉しくなる。しかし、一軒目の居酒屋を出て二軒目を探す途中で、澤野さんからの質問に耳を疑った。

「こんなこと聞きづらいけど……嫁さんと、うまくいってないのか？」

私は思わず歩調を緩め、横を歩く澤野さんの顔を見た。学生時代にクラスメイトとの喧嘩が原因で折れたという鼻骨は、途中で曲がってしまっている。その為、左から見たときと右から見たときで、微妙に顔の造作が違って見えるのだ。私は左から見える澤野さんの横顔が好きだった。

「……どうして？」

「いや……だってさ、変だろ。急に女装に目覚めるなんて。笑っちゃうけど、男を捨てたとしか思えない。何かあったのか？　俺で良ければ聞くぞ」

左手で握る電子タバコのＬＥＤが暗闇でまぶしく点滅する。最後に会ったのは確か半年ほど前で、そのときはもうタバコをやめたと話していたが、いつの間に電子タバコに手を出したのだろう。たとえば、私にとっての女装は、澤野さんが私と会っていない間に電子タバコを吸い始めた程度の変化に過ぎない。重々しくとらえる必要性などないのだ。

「……何も――」

私は言いよどんだ。何をどう説明すればよいかわからなかった。澤野さんは女装をした私を馬鹿にこそしないが、心配はしている。居酒屋で私を見た瞬間、見た目を否定したり笑ったりしなかったのは、私を傷つけないようにするための彼なりの配慮だったに違いない。しかしそれは馬鹿にされるよりも悲しいことだった。

「じゃあ、ほら、あれか。ストレスが溜まってるから息抜きとか？　だとしたら、またすぐ男の姿に戻るんだろう？　本気でやってるわけじゃないんだろう？」

質問を重ねる澤野さんは、なぜか必死だった。彼は女装した私が隣を歩くのを許す代わりに、女装をしていることへのまっとうな理由が欲しいのだ。そして彼の望むまっとうさとは、言い訳と羞恥である。しかし今の私は女になるための言い訳も、女装への羞恥も、そのどちらも持ち合わせていない。息が詰まる感覚があった。彼なら、理解してくれると思ったのだ。受け容れてくれるだろうと信じていたのだ。

「もし本気でやっているとしたら？」

澤野さんに寄り添い、彼のがっしりとした二の腕に自分の腕を絡める。そのまま自分の偽物の胸を強く押し付ける。彼は私を見て、「冗談じゃ……」と一瞬笑いかけたが、すぐに戸惑ったような表情を浮かべ、立ち止まってわずかに後ずさった。

「ねえ、聞いてるの？」

愛未が怒っている原因はわかっていたが、今の私は彼女の機嫌をとる余力も、そこまでの好意も持ち合わせてはいなかった。

「ねえって！　大体なんなのよその恰好。まだそんなことやってんの。いっちゃんどうしちゃったの？　何、そのネックレス、まさか自分で買ったの？　ねえ、ねえ、ねえ、だから何なのこの状況、いっちゃんのその恰好。ギャグ？　奥さん知ってんの？」

私はゆっくりと顔を上げ、愛未のつりあがった目を正面から見据えた。本来であれば女装姿で愛未に会ったりはしない。ただ、澤野さんと二軒目に行くのを断り、一人で駅まで歩いている最中に呼び出されたので、半ばやけになって何も取り繕わずにここまできたのだ。

テーブルの下で、愛未の組んだ足先と、私のそれとがぶつかる。九センチほどのヒール。ここまで高いヒールを履くのは初めてだった。愛未のヒールはもっと低い。女装を始めた当初はローヒールでも何もないところで躓《つまず》きそうになったが、最近では大分慣れた。慣れると、どうしてもそれ以上の高さを求める。自分の限界を知りたくなる。ヒールもまた、ストッキングのように女性を象徴するアイテムとして私を魅了した。テーブルの下で組んでいた脚を解き、爪先を揃える。今朝自宅の全身鏡に映した自分の脚を思い浮かべる。細いのに程良く肉付きがあり、ふくらはぎのなだらかな曲線は何度鏡に映しても、ため息がもれるほど美しくセクシーなのだ。

「愛未……連絡しなかったことに関しては謝るよ、ごめんね。そう拗《す》ねないで。私も色々忙しくって」

「は？　忙しいって何？　つーか何、その女みたいな話し方!!　ねえ、どうしちゃったの？　意味がわかんない、気持ちわるい」

「女みたい……じゃなくって、少なくとも女装をしている瞬間は私は女だけど」

私は伏し目がちになって、ベッドの上でよく絡めた彼女の白い手を眺めながら、自分の肩先まであるウィッグの毛先を撫で付ける。愛未はあきれたような表情で視線を周囲に泳がせていた。

「愛未の服ちょうだいよ。着なくなったのでいいからさ。何着か自分で買ってたんだけど、もう買うお金も底ついてきてさ。それなのに物欲は止まらないの。女の子ってさ、楽しいよね。もっと早く出会えてたら良かったのにって最近そんなことばかり思うのよ」

「ふざけんなっ!!　お願い。もとのいっちゃんに戻って。頼むから。いっちゃんはもっと男らしかったじゃない。かっこよかったじゃない」

愛未が私のお気に入りのカーディガンの袖《そで》を強く引っ張った瞬間、なぜか猛烈に私は腹が立った。

「うるせえな、男らしくってなんだよ。女らしい品のないおまえに言われたかねえんだよ。おまえみたいな女よりこっちのがよっぽど女らしいんだよ!!」

側にあった椅子を軽く蹴っただけなのに、思いのほか遠くまで吹っ飛んでしまい、焦った。愛未が目を丸くして私を見ている。私はいまスカートを穿いていて、こんなに綺麗な女の恰好をして、どうして椅子なんか蹴ってしまったのだろう、どうしてこんなに横暴な態度をとってしまったのだろう。「私」らしくないではないか——。

愛未を置いて立ち上がる。トレーを持ち、返却場所に向かって歩き出したとき、気を抜いていたせいか、ヒールの踵が滑り、そのまま身体が宙に浮いたかと思うと、次の瞬間頭部に強い衝撃を感じた。

ファーストフード店の天井がぼやけて見える。

「大丈夫ですか?」と周囲から心配の声が上がり、それと同じくらい失笑が上がる。痛みを堪え、恥ずかしさに赤面しながら上体を起こした瞬間、目の前に年配の男の顔があった。彼の視線は私のスカートの中に執拗《しつよう》に注がれている。目が合った瞬間、彼は何事もなかったかのように視線を逸らした。

愛未と別れてから、私はこれまであまりしてこなかった女装好きの人々との交流を活発にするようになった。

ツイッターで知り合った年上の女装家に、以前、女装者が集まる鍵つきアカウントのSNSを始めないかと誘われたのを思い出し、そのときは抵抗を感じていたが、今になって興味が湧いて女装家に連絡をとる。言われたとおりに自分のメールアドレスを送るとすぐに招待通知がきた。以前の私であれば、考えられないほど行動的だった。どこかで線を引いていたのだ。自分は女装をしていても、他の女装者たちとは違う。一緒にされたくはない――。そんな、訳のわからないプライドがあった。少し神経質すぎたのかもしれない。愛未と後味の悪い別れ方をしてからというもの、落ち込むわけでもなく、怒りに震えるわけでもなく、ただ、激しい焦燥感のようなものだけが募っていった。

女装者としてのコミュニティがひらけていくにつれ、私は徐々に、いまの自分の性自認は男女どちらなのか、恋愛対象は何なのか、知りたい、はっきりさせたいと考えるようになった。目的がはっきりとしないまま、女装者としての行動ばかり広がっていくのが怖くなったのかもしれない。女装は単なる趣味なのか、それとも女になりたいのか、男が好きなのか女が好きなのか――。しかし考えれば考えるほどそれはわからなかった。たとえば今この瞬間は恋愛対象が女性でも、数分後には男性とキスをしている自分の姿が容易に想像できてしまうのだ。そしてその姿が頭に浮かんでも、決して嫌ではなかった。自分の性も性対象も定まらず、不安定で、周囲の環境で、自分の行動で、相手の反応で、性が揺らぐ。揺らぎ続ける。その混沌《こんとん》とした揺らぎの中を彷徨う自分は、どこにも行けないのではない、どこにでも行けるのだ。そう思おうとした。ストッキングを初めて穿いたときのような自由な風が自分の内に吹き込み、しかし風が止むとまた悶々と考えに浸る。その繰り返しだった。

それまでは何をするにも慎重で及び腰だった私は、自分を知るという意味でも、女装ＳＮＳや女装クラブで知り合った男性と、積極的に交流を持つようになった。やがて、自分を援助してくれる男性も現れ、デートをしたいと言われ、すぐさま誘いに乗ると、服やアクセサリーなど、女装をする上で必要なものを買ってもらえる。ときに小遣いまでもくれる人がいた。名前を聞かれる頻度が増え、女装姿の自分を「マナ」と命名する。特に名前にこだわりもなかったので、愛未からとったのだ。なぜかその名前を男性から呼ばれる瞬間、私はある種の優越感を覚えた。そして女としての名前は名乗れば名乗るほど、呼ばれれば呼ばれるほど、いつしか自分が本当に「マナ」だと錯覚するほどに染みついていった。

　デートに誘ってくる男性の中には少なからず身体を求めてくる人もいたが、それだけは抵抗を感じ、受けいれなかった。自分にだってプライドはあるのだと思いながら誘いを断るたび、安堵すると同時に、後悔が押し寄せる。女装がきっかけで見える世界が変わったように、男性と寝れば、また新たな世界が見えてくる気がしたのだ。それでも、女装をすることと実際に男性と寝ることには、そこに大きな隔たりがあった。

　私が男性に心も身体も許したのはタケオが初めてだった。タケオと出会ったとき、彼は男の姿をしていなかった。思えば、一番最初に会ったとき、タケオが男の姿であったなら、私は彼と関係を持っていなかったに違いない。ドラァグクイーンのような濃いメイクと派手な衣装に身を包み、華やかで凜《りん》とした輝きを纏ったタケオを見て、私は彼が男であるか女であるかを判断する前に、美しいと思った。彼の持つ美しさは、そこに性別を持ち込むこと自体ナンセンスだと思わせるような、自分には絶対に表現できない自信と迫力を携えていたのだ。偶然にも女装をしていないタケオと再会したとき、スキンヘッドに髭を生やし、薄着で鍛え上げた筋肉を晒しながら、男性性を思う存分誇示するかのようなルックスに、驚くと同時に激しく心を摑まれた。タケオはイベントがあるときは友達に誘われて女装をするが、基本的には女装趣味はなく、男の恰好で過ごしているらしい。最初に見た女装したタケオと、女装をしていない男の姿のタケオが同一人物だと聞かされても、全く信じられなかった。私は駆け引きなど忘れて彼に視線を奪われる。この人ならいいとは思わなかった。この人がいいと思ったのだ。タケオしか考えられないと思った。

タケオは非常に女装者の扱いに慣れていて、女性を恋愛対象として見ることもできるけれど僕は女装をした男性が好きだと清々《すがすが》しいほどはっきりと公言してきた。タケオとのセックスは相手に身を任せるという意味においては女性とのセックスに比べて格段に楽だったが、逆に自分はこのまま受身でいいのだろうか、と不安にも感じてしまう。私はタケオの性感帯を早い段階で知り、ときに開拓しながら、どうしたら彼に気持ちよくなってもらえるかひたすら考え、そして尽くすことを惜しまなかった。予防線を張っていたのかもしれない。自分は女の恰好をしているだけで女ではない、しかしタケオと同じ男の肉体を持っているからこそ、女以上に彼を理解できるのもまた事実だと。

タケオと数えきれないくらい肉体を交わした後で、私は彼に自分の心の中にあり続けていた不安を打ち明けた。

「私はもう、男としてでも女としてでもなく、「女装をした男」というジャンルでのみ市場価値が発生する。それでいいような気もするし、悪いような気もする。自分の価値は、女装をすることでしか生まれない気がして」

タケオにそう話したとき、彼は優しい目をして、マナはもっと自分を誇りに思った方がいいと言った。

「そんなこと初めて言われたよ」

「僕は男でも女でもない女装をしているマナが好きだよ。そして女装をしているマナこそが、僕にとってのマナ自身で、真実なんだ」

タケオは私の唇にキスをし、その瞬間私は求められる喜びと失うかもしれない恐怖を同時に知った。

*

赤く腫れ上がった頬にそっと触れた後で、タケオは声をあげて笑い出した。

「笑うなんてひどい。ファンデーションとコンシーラーで赤みは消せても腫れは引かないから家からマスクをしてきたのに」

タケオの面白がる様子に私は本気で憤りを覚える。この人は、昨日私の身に起こった惨事を知らないから、呑気《のんき》に笑ってなんかいられるのだ。全部自業自得であるはずなのに、目の前で顔を見て笑われると、タケオにだって少なからず非はあるはずだと思いたくなる。

「こんなになるまでひっぱたかれるなんて、いったい何をしでかしたの？」

小気味良い音を立てて柿の種のピーナッツだけを口に運びながら、彼はやはり面白がるように先日通販で購入したての赤い座椅子に上半身を横たえた。

「何もしてないよ。……いや、したのかな？　ただ理解してもらえると思った自分が浅はかだったんだと思う」

「詳しく話してみて。家を一八時には出るから、それまでだったらいくらでも聞くよ」

スマホで時間を確認すると、一五時だった。タケオは最近、夕方になると用事があるからと言ってどこかに出かけてしまう。仕事なのか、遊びなのか、見当もつかない。聞いてもはぐらかされてしまうことがほとんどだった。私はタケオをよく知らないのだ、と今更ながらに思う。

　何から話そうと思いながら、タケオがたまに訪れる女装クラブでもらったという外国のクッキーに手を伸ばす。個包装を破ると、波形の模様のクッキーの中心部に、イチゴジャムのようなものが詰められている。噛んでもさくさくと音は鳴らず、ぼそぼそと湿気たような食感に、食べかけのまま包装の中に戻した。

「昨日、妻にバレたの。女装していることが。……ううん、正確に言えば、バラしたの。自分から。ひと月前くらいからかな、一週間に一回、わざと化粧を全部落とさずに、口紅とかマスカラを塗ったまま帰宅してみたり、爪に塗ったマニキュアを見せつけるみたいに妻の目の前でちらつかせたり――。いま思えば馬鹿なことをしてたなってわかるんだけど、そのときはほんとに、なんていうか、少しずつ少しずつ女装の自分を小出しにしていけば、妻もそれを受け入れてくれるようになるんじゃないかと思って。一番最初は……何からだったかな？　確か、よく穿いてるスラックスのポケットに、外したつけ睫を入れっぱなしにしたまま洗濯機の中に入れちゃったの。洗濯物を干すときに、妻が気づいたみたいで。朝起きたら、いつも用意してくれている弁当の横に、つけ睫が置いてあった。何も言われなかった。前にリップグロスをリビングに落としちゃったこともあったし、なんかもう気づかれてるんだろうなって思ったの。

でも気づいてるのにどうして聞いてこないんだろうって、すごくもやもやしちゃって――」

「奥さんは、女装していることを知ってて、その上で、見ないようにしてたんじゃない？」

「そう思う。今はね。でも、最初の頃はひた隠しにしてたのに、そのうち隠すのにも疲れちゃって、もう言ってしまいたくなって。それが自己満足でも何でも、典子に全部話して楽になりたいっていう気持ちが大きくなった……。でも言葉で伝えるなんて到底無理だと思ったから、ゆっくり、少しずつ、典子の目を馴らすみたいに、女の自分を、女装の欠片を、ふたりの日常の中に落としていった。

さすがにウィッグを被ったりスカートを穿いたりする勇気はなかったけど、でもそれで十分だと思った。徐々に徐々に大胆になっていって、家の中でストッキングを穿いてショートパンツで一日中過ごした日もあった。

それが昨日――」

思わず、典子にはたかれた頬に手を添える。話の途中にも拘わらず、タケオはまた柿の種を袋の封を破って皿にあけ、ピーナッツだけをつまんで口に放る。

ひとりでピーナッツを食べるだけでは飽き足らず、「マナはこれが好きだろ？」と言いながら、柿の種を片手で掬《すく》い上げ、強引に口の中に押しこんでくる。断る間もなく、柿の種を噛み砕く。タケオが笑いながら私の唾液のついた指をくわえ、満足そうにまたピーナッツに手を伸ばす。

物を噛むと、いちいち頬が痛んだ。目を閉じると、典子の、かつて見たことのない形相が繰り返し脳裏に蘇る。自分が何をしたというのだろう。急に開き直ったようにそう思う。誰に、いったいどんな、迷惑をかけたというのだろう。

昨日、私は女装仲間から都内で行われる女装者だけが集まるイベントに誘われ、典子が仕事に出かけてすぐ、身支度をはじめた。その日、典子から帰りが遅くなるとあらかじめ聞いていたので、時計には目もくれなかった。念入りに化粧をし、ウィッグを被り、下はストッキングを穿き、上はブラジャーだけ身につけたまま、お気に入りの音楽をかけながら、その日のコーディネートを決めあぐね、リビングのソファにはトランクルームから持ち出した女物の服が山になっていた。典子が仕事に出かけてから、どれくらい経っていただろう。一時間か、もっとか——。気がついたときには、典子がすぐ側に立っていた。私は彼女が鍵を開ける音にも、足音にも気がつかなかったのだ。典子はリビングの全身鏡の前でスカートをあてがう私を呆然と見つめながら、何か、私には聞き取れないほど小さな声で、何かを言っていた。

「典子……？」

私が彼女の名前を呼ぶのと、典子が私に飛び掛かってくるのがほぼ同時だった。典子は私の頬をつまみ、引き伸ばし、激しく両手で叩きながら、泣き叫んだ。

「……何してるの?! ねえ！ 何をしてるの……？ こんなことやめて、お願いだから……！ 冗談でもやめて!!」

「そっちこそやめて、話すから!! ちゃんと話すから……！ 手を離して！」

典子は離さなかった。私が身につけようとしていたブラウスを床にたたきつけ、私の身体中を闇雲《やみくも》に叩きまくった。やがて、側にあったティッシュの箱から数枚抜き取り、嫌がる私の顔を押さえて口紅のついた唇を、皮が剥《む》けるまで何度も擦った。

「痛い……痛い……」

訴えても、典子は一歩も引かない。最初は抵抗をしていたものの、途中から諦めて、典子の好きなようにさせる。縮こまって身体を硬くすると、顔や腕や足がじんじんと熱を持ち、この上なく惨めな気持ちになった。

「……どうしてやり返してこないの……」

長い間叩かれ続け、ようやく静かになったとき、典子が口を開いた。何かを諦めたような声だった。

典子の足元に、いつ外れたのかタケオが私に初めてプレゼントしてくれたネックレスが落ちているのに気づく。私は典子に気づかれないよう、それを自分の方に引き寄せようと手を伸ばす。

「――私が結婚したのは女じゃない」

睨《にら》むように私を見据えて、典子ははっきりときっぱりと言った。私の指先は、ネックレスに届きそうで届かない。体勢を変え、さらに手を伸ばす。もう典子にどう思われても構わなかった。

「こんなの……こんなのって――」

典子は両目から大粒の涙を流し、声を詰まらせる。妻がこんな風に感情を露にする姿を初めて見た。しかし典子がわめけばわめくほど、私を叩けば叩くほど、当の本人である私は、典子に対する気持ちが冷めていくのを止めることができない。タケオに会いたい――。彼なら、他の誰よりも、いまの私の気持ちを理解してくれるような気がした。

「ねえ」

泣きはらしたふたつの目が、私を強く責め立てる。

「いちむらゆうじはどこにいるの？」

ネックレスにようやく手が触れる。拾い上げ、それのチェーンがまだ壊れていないことを確認し、私は安堵の声を漏らす。


「どうするつもりなの、これから。奥さんとは」

家を出る三〇分前から上機嫌で身支度をし始めたタケオは、鏡の前で髭を剃りながら尋ねた。私はタケオがこぼしたピーナッツの食べかすをかき集めながら、質問の答えを考える。

一時間ほど前、まだ昨日の話が終わらないうちから、叩かれたところが痛くてうまく開かない私の口を無理矢理こじあけ、タケオは性器を押し込んできた。おかげで、話が中途半端なまま終わってしまった気がする。

「とりあえず、家の中では男性として生活を送るつもりでいる。しばらくは」

「それがいいかもね」

「タケオは……タケオはそれでいいの？　私に、本当の女性として生活を送ってほしいとは思わない？」

タケオは私の質問を鼻で笑って、洗面台にシェーバーを置いた。

「僕の意見ひとつできみの外形が、変わるの？　性別が変わるの？　……きみは僕に何を望んでるの？」

「何も望んでいない。私はタケオに何も望んではいない。ただ……私は、私が、タケオに望まれる姿でいたい。今までもそうだったし、これからも――。タケオが、女装をしている私が好きなら、喜んで女装をする。タケオの好みの服を着て、女性のように振舞い続ける。でも、でももし、タケオが本物の女性を望むなら……もしそうなら、私はそこを目指したいと思う。少しでも近づきたいと思う」

「そしたら自分はどこにいるの」

タケオは苛立ったように広いリビングを意味もなく歩き回り、やがて投げやりに質問を私にぶつける。言葉に詰まった。昨日、典子から「いちむらゆうじはどこにいるの？」と問いかけられたことが脳裏をよぎる。

立ち上がり、歩き疲れて家を出て行こうとするタケオの手を、私は摑んだ。

「なに？」

タケオの冷ややかな視線に、私は涙した。泣きながら、彼の指先を私の骨ばった耳下の輪郭に沈める。そこは間違いなく私の肌で、そこに触れられて気持ちいいと思うのは、確かな自分の感情だった。

「私が、自分に自分の所在を問うとき、いつも行き着くのはここ。タケオが初めて私のここに触れてくれた瞬間を思い出す。男でもなければ、女性のように振舞う女装者でもない、ここにいるのは私自身なんだって。

　だからタケオがこうして何度も、私の肌に触れてくれさえすれば、私は自分で自分がわからなくなったりはしない。自分が何をされれば嬉しくて、何をされれば気持ちが良くて、何をされれば心が痛むのか、タケオの指ひとつですべてがわかるの。……ねえ、タケオ？　嫌なの？　嬉しくないの？　私の言葉が。どうしてそんなにつまらなそうな顔をするの」

「嫌……ではないよ。つまらなくもない」

　穏やかな口調で彼は言って、私の腕を放す。そのまま背を向けて玄関へと歩いていく。鞄を持ち、靴に足を通すタケオの後ろ姿を見ながら、私はひとつの決意をした。

＊

タケオと会うために全身鏡に自分を映し、身支度を整えながら、私は上機嫌だった。クイーンの「I want to break free」を大音量で流しながら。女装をはじめてしばらくしてから、私はそんな風によく音楽をかけて、気分を上げながら「チェンジ」をした。女装に対して、いまだ心のどこかで引け目を感じているのかもしれない。しかし、自分の好きな曲が流れると、曲のテンポに合わせて自然と身体が動き出し、軽快なステップを踏みながらお気に入りの服に手を伸ばし、その服にあったウィッグを被り、メイクを施す。

まだタケオと肉体関係がなかった頃、初めてふたりで行ったホテルで、イチャつきながら彼の iPad で「I want to break free」の動画を見た。曲のはじめに髪にパーマを当てながらネグリジェ姿で登場するブライアン、白髪の老婆に扮したジョン、胸にパッドを詰め、ミニスカートを穿き美しい脚を晒しながら掃除機をかけるフレディ——。

「もし、これを俺達でやるんだったら、おまえはどれをやりたい？」

タケオの質問に、「それはもちろんフレディかな」と私は答える。「ボヘミアン・ラプソディ」を鑑賞した直後で、主人公のフレディ・マーキュリーに憧れを抱いていたためだった。彼のトレードマークの髭、短髪にタンクトップ、鍛え上げられた肉体は、時代を超えて私を魅了した。しかし、プライベートでは髭どころか腕や足の毛まで剃り、髪は伸ばし、女物の下着や洋服を身につけているのだから、憧れはあっても彼のようになりたいわけでは決してない。髭こそないものの、毎日のようにジョギングに励み、週に五日はジムに通うタケオの肉体はフレディ以上だ。典子がタンクトップを着る男は嫌いとよく言うが、タケオは無類のタンクトップ好きで、白い無地のタンクトップだけで三〇着以上は持っている。さすがに冬はタンクトップの上にシャツやセーターを重ねているが、室内で二人きりになるとすぐに裸になる。最初の頃、私は性的な意味で誘われているのだと勘違いしたが、彼はナルシストで、単純に自分の肉体美を私に見せ付けたいだけなのだとすぐにわかった。全身鏡に自分の肉体を映しながら、鏡の中の私と視線を交わし、「どうよ？」と冗談めかしてポーズをきめるタケオの、美しい背骨に続く尻の割れ目。それを想像して初心《うぶ》な処女のように顔を赤らめながら、自分達のプラトニックな関係に、このとき初めて歯がゆさを覚えた。

*

女性ホルモン剤を飲み始めてしばらくすると、効果が身体に表れた。

胸に少し痛みをともなう張りを感じ、わずかではあるが胸全体が膨らんできたような気がする。二の腕や腰回りも、以前よりも脂肪がついて丸みを帯び、柔らかく弾力が出てきた。髭や脛毛といった体毛も、もともとそれほど濃い方ではなかったが、さらに薄くなっているように見える。

タケオの家に行き、典子との一件を打ち明けた日、私はタケオの反応に不安を覚えた。何に不安を覚えたのかははっきりとはわからない。タケオに自分はどこにいるのかと聞かれたからだろうか。タケオがつまらなそうな表情をしたからだろうか。タケオに典子との出来事を話したのを、少し後悔していた。

女性のような身体に、少しずつ近づきつつある自分の姿を鏡に映しながら、私はどこか違和感を持つ。いまの私は本当に自分が望んだ、あるべき姿だろうか。タケオが私に望む姿だろうか。まだごくわずかな変化しか見られない最初のうちは、嬉しいような、照れ臭いような、変な気持ちだった。それが日が経つごとに、何かが違う気がしてきた。その何かを、確かめるのが恐ろしくて、もう後に引けない気がして、私はホルモン剤を飲み続ける。自分の丸みを帯びてきた肩回りや胸の写真をスマホで撮影してはタケオに送りつける。タケオから反応がなくても構わなかった。タケオが介在するとき、すべての物事は意味を持ち、そこに目的が発生する。私はタケオに画像を送る為だけに、肉体の変化を望み、さらなる女性化を待ちわびた。

タケオの家に向かう途中でコンビニに立ち寄り、炭酸水とコンドームを購入する。今日、タケオの家に行くことを、彼には伝えていない。自分の顔や身体の画像を何枚送っても、「会いたい」とＬＩＮＥを送っても、既読にはなっても返信はこない。そんなことが、数日間続いていた。何か、タケオの気に障るようなことをしただろうか。それとも私が嫌になったのだろうか。いずれにも答えが出ないまま、気がつけば自宅を出て、タケオの家の方角に向かっていた。突然押しかけたら、彼はどんな反応をするだろう。

コンビニを出て、角を曲がり、交差点にさしかかったとき、魅力的な女性の脚に目を奪われる。信号待ちをしているときなどに近くの女性に目を向けるのはほとんど無意識の内に習慣化していたが、彼女の脚はここ数日で会った女性の中でも抜群に魅力的だった。

伸びやかで張りのあるふくらはぎは、触れずともその弾力がわかる。ヒップの位置が高く、ヒールの爪先から尻まで目線が到達するのにはかなりの時間を要した。見惚《みほ》れるような長い脚である。

女は彼女よりやや背の高い男の腕に自分の腕をまわしていた。広くて恰幅の良い背中、白いタンクトップに、膝小僧がむき出しのダメージジーンズ――。それは私のよく知っている男だった。何度あの肩に腕をまわし、首筋に唇を押し付け、耳元で囁かれた愛を、全身で受け止めただろう。

「タケオ」と思わず名前を呼ぼうとした瞬間、女の方が不意に私に身体を向け、視線を送ってきた。大きいが切れ長の目に、形の良い唇。唇は赤く肉厚で、肌にピタリと密着したノースリーブのニットから品の良いバストの形が窺えた。肩下までの黒く長い髪は人形のそれのような不自然な照りのあるウィッグの毛と違い、保湿の行き届いた上質な地毛である。

女は私を一瞥《いちべつ》してから、もう一度、今度は眉間に皺を寄せて凝視してきた。視線には何の躊躇もなく、ただ異質なものを見るような目だ。しばらくすると彼女はタケオの腕を叩いて耳元で小声で何かを囁く。私は近づいて、彼らの声をもっとよく聞こうとする。女の言葉に、初めてタケオがこちらを向く。私の足はタケオの視線に立ち止まった。

ねえ、何なのよ、その女は。タケオ、あなたは私が好きって言ったじゃない。男でも女でもなく、女装をしている男の私が。どうして――。タケオ。私に何かが足りないせいなの？　私には何が足りない？　女として、何が足りない？　あるいはそれは男として足りないもの？　私はもうわからなかった。

「……タケオ！」

私は彼の名前を呼んだ。そして、彼がいつものように「マナ」と呼び返してくれるのを期待したが、それは叶《かな》わなかった。

「知り合い？」

何も言わないタケオを見て、女が尋ねる。私は、私の細い指先を自分の方に向けた。そうしなければ自分の存在が危ういものになるような気がしたのだ。

「知らないなあ。僕は男には興味はないよ」

私を見つめ、澄ました顔でタケオは言った。愕然《がくぜん》として、私はその場にへたり込む。高いヒールの中に収められた窮屈な両足を外に出してやり、人目も憚らず号泣した。せっかく時間をかけて施した化粧が落ちてしまう。私の視界を、様々な足が横切った。好奇の声が耳に届いた。私は不意に、自分が何者なのかわからなくなる。ちがう。今までだって、私は自分が何者であるのかわからなかったはずだ。それなのに、知りたくなった。不意に、猛烈に、知りたくなった。自分が何者であるのか。知りたくて、知りたくて、わからないことに不安を覚え、混乱し、思い切り大きな声を上げる。少しだけ、気持ちが落ち着いた。

タケオと別れた後、どのようにして家まで帰ったか覚えていない。しかし私は気がつくと家に着いていて、いつも化粧をする洗面台の前に立っていた。耳たぶからイヤリングを外し、涙で化粧が崩れた自分の顔をぼんやり眺める。頭の中では、さっきからずっと、タケオが最後に言い放った言葉が繰り返し流れ続けている。

――僕は男には興味はないよ。

それをどういう意味でタケオが言ったのか、私にはよくわからない。クレンジングシートを手にとり、メイクを落とし始める。典子が帰ってくる前に化粧をすべて落とし、着替えなくては。さっきまで、頭の中が真っ白になり、ひどい興奮状態にあったというのに、家に着けば習慣化され染みついた行動をするために自然と身体が動く。どんなに悲しくても男の姿に戻らなくてはいけない。それは私が女装をしている限り、この先も永遠に続いていくような気がした。

騒動以来、典子はまともに口をきいてくれない。反対に私は典子の前でひどく饒舌になり、積極的に彼女に対して話しかけるようになっていた。女装姿はあの日から一度も典子の前で晒していない。いつか典子が私とタケオとの関係を認めて、女装への理解が深まるまで、彼女の前では女装をやめようと、今朝までの私は、本気でそう思っていたのだ。しかしあんな仕打ちをうけても、タケオに裏切られたという気持ちには、不思議とならなかった。確かに二人が歩いている姿を見た瞬間には動揺し、タケオの言葉にも傷ついたが、私にはどうしても、自分の目に映った二人の姿が、タケオの発言が、真実ではないように思えて仕方なかった。そもそも、あのときタケオの隣にいたのは、本当に女なのだろうか――。一度そう思うと、私はどうしても真実が知りたくなった。あの女は、実は生まれつきの女ではなく、女のように見える男、つまり私と同じ女装者なのではないだろうか。化粧やウィッグで、いくらでも化けられる。

あのときはあまりに動揺してきちんと見られなかったが、近づいてよく見ればすぐに男であるのはわかるのではないだろうか。私はどうしても、タケオの隣にいたのが、男か女か、ただそれだけをどうしても、何が何でもはっきりさせたかった。

それから私は有給をとって仕事を休み、SNSを通じて知り合いの女装家に連絡をとったり、タケオと二人でよくデートをしたバーに足を運び、彼の顔を知る人間にタケオのことを聞きまわった。


朝目覚めると、リビングには既に典子の姿はなかった。

仕事に行ったのだろうか、そもそも今日は何曜日なのだろうか――。タケオの身辺調査をするために一週間ほど会社を休んでいる私には、曜日の感覚がまるでなかった。

コーヒーを飲んだが何も食べずに洗面台の鏡の前に立ち、念入りに化粧をはじめる。慣れたものだ、と左右非対称の眉を整えながら自分で自分に感心する。昨晩から乳首を誰かにつままれているようなひっつれた痛みがある。胸も張っていた。明らかにホルモン剤の影響が身体に表れていて、しかし女性化が嬉しいのかと自分に問うと、途端によくわからなくなる。

私はタケオの言葉に傷つきながら、それでもホルモン剤を常用し続け、身体の変化を写真に収め続けていた。もう、あまり混乱はない。それどころか奇妙なほど冷静に自分の身体を分析し、面白いと思いながら、一日に何度も乳首を触ったり、二の腕や顔周りを鏡に映したりと、観察にふけった。

化粧を終えると、今度は洋服を選ぶ。昨日トランクルームから持ってきた清楚な白のワンピースに決め、腕を通す。全身鏡に自分の姿を映し、きちんと着こなせているか確認する。

「肌が白いから白い服がよく似合うね」

前に、タケオがそう言って褒めてくれたことを思い出す。鏡に映る自分の表情が、俄にかげった。最近新調したばかりのベージュのストッキングを取り出し、すぐに気持ちを切り替える。ストッキングを手にした瞬間、側にあったスマホが震えた。スマホは手に取らずに、掛け時計を見て時間を確認する。約束の時間まで、まだ二時間近くある。ゆっくり、焦らず、ストッキングを穿くため、その場に腰を下ろす。

SNSで一時期連絡をとっていた男が、タケオを知っているとメッセージを送ってきたのは、三日前のことだ。何でもいいから教えて欲しいと言うと、教えるから二人きりで会おうと誘われ、私は二つ返事で受けた。

タケオはいま何をしているだろうか。私が躍起になって彼のことを調べている間

——。考えないようにしよう。考えても考えても、いつも思考はタケオとの幸福だった日々ではなく、最後に会った日、彼が私に言い放った言葉に行き着くのだから。

ストッキングのウエスト部分を広げ、爪を立てないよう気をつけながら、慎重に片方ずつ足を差し入れていく。滑らかな生地が、私のむき出しの素肌を優しく包む。どんなときも、これは、圧倒的に私に優しい。指で伸ばすと広がり、脚を入れるとぴたりと寄り添う——。初めてストッキングを穿いて自宅まで帰ったとき、私は嬉しくてたまらなかった。これを穿けば、自分はどこにでも行けるような気がしたのだ。ストッキングをまとった私の脚が、自分でも知りえない自分の可能性を、際限なく広げてくれる気がした。私は自由を感じ、それは確かにこれまでも自由だったはずなのに、いつも何かが足りないような、二本の脚で自由にどこにだって動き回れるはずなのに、自分で自分に枷をはめているような感覚が常にあった。

しかしいつからか、私はストッキングを初めて穿いたときの新鮮さや自由な感覚を得られなくなってしまった。なぜかはわからない。女装にのめりこんだからだろうか。タケオと出会ったから？　ホルモン剤を飲み、肉体まで女性的にしようとしたからだろうか。

立ち上がり、全身を鏡に映す。肌艶がよく、胸は膨らみ、腰回りは丸みを帯び、二の腕は柔らかく弾力がある。胸板や肩幅は広く、喉仏もしっかりと張りでている。それで全部だった。これが私で、目の前に見えているのが真実ですべてだった。

私はずっと真実が知りたかった。前にタケオが言っていたからかもしれない。女装をしているマナこそが、僕にとってのマナ自身で、真実なんだ――。私の真実は、タケオには見えない。私には見えても、タケオには見えない。なぜなら私の真実は私が作り上げてきたものだからだ。積み上げてきたものだからだ。

テーブルの上のスマホが震える。震え続けている。電話だとわかると、私は直感的にその相手が誰なのかまでわかった。人によって着信音を変えているわけではない。ただ、わかるのだ。私はストッキングをゆっくりと慎重に上へ上へと引き上げながら、着信音を聞き流す。

やがて着信音が鳴り止んでもまだ、私はストッキングを穿いていた。股ぐりにもたつきがないよう、隙間なく密着させる。ウィッグの毛先を手櫛でとかし、鏡の前で唇の輪郭をなぞりながら口紅を塗った。時間をかけて瞼に装着したつけ睫がズレていないか確認する。

これからどこに行こうと考え、急に気持ちが弾む。既に入っている予定は蹴るつもりだった。

バッグの中に化粧ポーチや財布や携帯を詰め、自宅の鍵を手にとる。そのまま玄関へと向かった。気分に合わせてオレンジ色の派手なハイヒールを選び、足を入れる。いまだに慣れないハイヒールを連日履き続けているためか、親指と小指の痛々しい靴擦れの痕が目立つ。それでも、履かないで外に出ることは考えられなかった。これを履く為だったら、多少の痛みなど我慢できる。以前ファーストフード店で足を滑らせて転んでからは、しばらく履くのを控えていたが、高いヒールを履いて颯爽《さっそう》と街を歩く女性を見ているうち、ヒールへの情熱が再燃した。転んだ際、私を上から見下ろしてきた男と目が合ったときは、顔から火が出るほど恥ずかしかったというのに。

タケオのことを、また思い出す。タケオと別れた後で、私は何度か自暴自棄になり、彼のマンションに乗り込んでタケオを殴る自分の姿を想像した。何度も想像した。しかしそれはいつも想像で終わった。タケオの上に跨って、彼を殴った瞬間から、私たちのこれまでの関係性もなかったことになってしまうように思ったからだ。それは、それだけは、どうしても嫌だった。

ハイヒールを履いて外に出る。鍵をかけ、歩き出す。女装を始めた当初は、慣れないハイヒールのせいか、猫背で脚が曲がっており、歩き方ひとつとっても野暮ったく不安定だったが、それに関しては解消され、快活で洗練された歩みになったと勝手な自己評価を抱く。調子に乗って少し早足になって大股で歩くと、何もないところで躓いてよろけた。

初出　「文藝」二〇二〇年春季号

執筆にあたり、「女の子クラブ」「フリーメゾン」「ASOBi」で様々な方にお話を伺い、参考にいたしました。心からの感謝の意を表します。

装丁　佐藤亜沙美
装画　雪下まゆ

山下紘加（やました・ひろか）
一九九四年東京都生まれ。
二〇一五年、『ドール』で第五二回文藝賞を受賞しデビュー。

クロス

二〇二〇年 四 月二〇日 初版印刷
二〇二〇年 四 月三〇日 初版発行

著 者 山下紘加

発行者 小野寺優
発行所 株式会社河出書房新社
〒一五一－〇〇五一
東京都渋谷区千駄ヶ谷二－三二－二
電話 〇三－三四〇四－一二〇一（営業）
〇三－三四〇四－八六一一（編集）
http://www.kawade.co.jp/
組 版 KAWADE DTP WORKS
印 刷 株式会社亨有堂印刷所
製 本 大口製本印刷株式会社

Printed in Japan ISBN978-4-309-02877-4

ドール

山下紘加

その日、少年は、自分の、自分だけの特別な人形を手に入れたいと思った――
時代を超えて蠢く少年の「闇」と「性」への衝動を描く第52回文藝賞受賞作。

ぬいぐるみとしゃべる人はやさしい

大前粟生

あなたが私を竹槍で突き殺す前に

李龍徳

世界は敵だ。希望を持つな。殺される前に、この歴史を止めろ――日本初の女性〝嫌韓〟総理大臣誕生。新大久保戦争、「要塞都市」化した鶴橋。そして、7人の若者が立ち上がる。柳美里、梁石日、真藤順丈絶賛。怒りと悲しみの青春群像。